快乐读书吧
思维导图版

ZHONGGUO GUDAI SHENHUA

中国古代神话

·四年级（上）·

佘祖政

编著

接力出版社
Publishing House

图书在版编目（CIP）数据

中国古代神话 / 余祖政编著 . —南宁：接力出版社，2020.11
（快乐读书吧：思维导图版）
ISBN 978-7-5448-6822-8

Ⅰ.①中… Ⅱ.①余… Ⅲ.①神话－作品集－中国－古代
Ⅳ.①I276.5

中国版本图书馆 CIP 数据核字（2020）第 167045 号

责任编辑：袁怡黄　　美术编辑：林奕薇　　思维导图：张　红
责任校对：杜伟娜　　责任监印：刘　冬
社长：黄　俭　　总编辑：白　冰
出版发行：接力出版社　　社址：广西南宁市园湖南路 9 号　　邮编：530022
电话：010-65546561（发行部）　　传真：010-65545210（发行部）
http://www.jielibj.com　E-mail：jieli@jielibook.com
经销：新华书店　　印制：唐山嘉德印刷有限公司
开本：710 毫米 ×1000 毫米　1/16　　印张：8.75　　字数：155 千字
版次：2020 年 11 月第 1 版　　印次：2023 年 7 月第 3 次印刷
印数：10 001—13 000 册　　定价：28.00 元

盘古

女娲造人

女娲补天

炎帝

序

　　说起思维导图（Mind Mapping），要从我的老师东尼·博赞（Tony Buzan）先生开始说起。英国人东尼·博赞先生是思维导图的发明人，他被全世界的学生称为"世界记忆之父"和"记忆大师"，他也是世界记忆锦标赛的创始人。如今全世界有超过三亿人在使用思维导图进行工作和学习，它简单却又很有效，是一种实用的思维工具。

　　思维导图运用图文结合的方式，把我们大脑中的想法表现出来，帮助我们梳理总结事物的逻辑关系，帮助我们发散思维，整理分析，有效记忆。思维导图在世界各国都得到了广泛应用，新加坡教育部将思维导图列为小学必修科目，世界 500 强企业也在运用思维导图工作。

　　思维图（Thinking Map）是戴维·海耶尔（David Hyerle）博士在 1988 年开发的一种帮助学习的语言工具，是用来构建知识系统、发散思维、提高学习能力的一种可视化工具，共有八种类型，是美国幼儿园和小学生必须掌握的"学习工具"（Tools for

Learning）。在学校，老师都会用思维图开展工作，也会教导学生如何使用这个视觉工具厘清思考的步骤，完善自己的学习。

一般来说，思维图主要包括八种图，分别是：

1. Circle Map（圆圈图）

2. Bubble Map（气泡图）

3. Double Bubble Map（双重气泡图）

4. Flow Map（流动图）

5. Mulit-Flow Map（多倍流动图）

6. Brace Map（支架图）

7. Tree Map（树形图）

8. Bridge Map（桥形图）

思维导图和思维图在学习中各有长处，思维图比较简单直观，更容易理解和应用；思维导图需要学习一定的技巧和规则，但在逻辑表达上更清晰完整。

所以，我们在小学生阅读辅助方面，结合两种图式，综合运用，帮助孩子们梳理文章结构，找出逻辑顺序，进行发散思维，让他们更清晰地表达自己的想法。

在一、二年级的阅读辅助中，我们更多地运用思维图，从三年级开始，逐渐增加思维导图的运用来帮助孩子们阅读和思考。无论是思维导图还是思维图，都可以非常有效地帮助孩子们阅读。在阅读过程中，根据书中的提示，我们要求孩子们循序渐进地学习和使用，相信大家一定会有很多的收获和成长。

期待大家的精彩阅读记录。

张红

2020 年 8 月

目 录

盘古开天辟地

远古时代，天地未分，世界一片混沌，漆黑一团，仿佛一个大鸡蛋。

盘古就在这个混沌黑暗的"大鸡蛋"中被孕育着，悄悄地成长。

不过，他成长的方式有些特别。他呼呼大睡，在睡眠中成长。就这样一直过了一万八千年，他醒了过来。一睁开眼，乌漆墨黑的一团，什么也看不见，让他觉得无比气闷。

这位巨人无法忍受这种憋闷状况，心里一生气，大手不自觉地舞动着，竟然就有把巨型板斧仿佛出生就带着似的出现在手上。盘古举起巨斧，横劈而去，只听见哗啦一声，仿佛雷电暴鸣，在耳鼓嗡嗡震荡中，"大鸡蛋"裂为两半：一些轻而清的雾状东西袅袅上升，成为我们现在说的天；一些重而浊的东西，下沉为大地。就这样，混沌不分的世界，被盘古的巨斧劈开，成了天地。

天地初开，盘古非常担心它们又会合拢为混沌一团，于是就站起身来，顶天踏地，像根擎天柱子一样支撑在天地中央，身体随着天地的高度变化而发生相应的变化。

天地不断地生长着，天每天升高一丈，而地则每天下降一丈；盘古的身体也随之增长，他的头始终顶着天，巨大而厚实的

1

脚掌踏在大地上。这样的情形又持续了一万八千年，天高高地飘浮在空中，大地宽阔厚实，像无边无际的地毯，而盘古，则变成了名副其实的巨人。

那么，巨人盘古的身子究竟有多高呢？有人推算大概有几万里之高。请大家想象吧，这位伟岸的巨人直挺挺地撑在天地中央，始终不让天地重新合拢化归为一团黑暗混沌。

又不知道经过了多少年代，盘古始终独自站在那里，支撑着天地，而一直变动的天地构造这个时候也逐渐稳定下来，不再升高和下降，盘古不必担心它们再聚合在一起，终于可以放下重负休息一阵了，可是他刚刚弯下腰，就轰然倒地死去。

死去的盘古，他的身体分解了，发出一阵噼里啪啦的巨响，带给天地难以想象的巨变：他死前呼出的那口长气化成了风云，激荡在天空中，而他临死前不甘的呐喊则变为一阵轰隆的雷霆在天空中炸响。盘古的左眼变成炽热的太阳，右眼化为洒下清辉的月亮，他那长长的手足和庞大的身躯在大地上伸展开来，成为今天神州大地上的高山，血液成江河，筋脉化道路，肌肉成为肥沃的田地，而他的头发和胡须飞升，成为天上一闪一闪的星星。传说中，我们今天的花草树木就是盘古皮肤上的汗毛所化，金属、石头、珍珠和玉石则是盘古的牙齿、骨头、骨髓，就连雨露也是盘古身上冒的汗所化。

总之，盘古开天辟地，为人类创造了一个新世界，而他的整个身体也让这个新世界变得丰富多彩。

女娲造人补天

造　人

盘古开天辟地后，天上闪烁着太阳、月亮和星星，地上遍布着山川草木。江河横贯而过，鸟兽奔跑在山川陆地，虫鱼繁衍在湖海沼泽。

也不知道过了多少年，天地之间诞生了一位女神女娲，她神通广大，像盘古一样，可以化生①万物。这天，女神独自行走在这片蛮荒的原始土地上，看见狮子怒吼，大象咆哮，又和小鸟儿说了几句话。在采摘了几枚野果，观看四周常见的景象后，她突然觉得无聊且孤独，在这天地之间，缺少了什么，需要加点东西进去，好让这个世界充满生机，不那么单调。

可是加什么却让女娲为难。她下意识地走着，走啊走啊，来到了一个湖泊边。她有些倦了，就蹲了下来，清澈的湖水映出她美丽的面容。她不由得朝着水里的那张脸笑了笑，它也朝她笑了笑；她忍不住向它撇了撇嘴巴，它竟然也朝她撇嘴。女娲被逗笑了，疲倦的感觉一扫而空。她突然灵光一闪：哎呀，自己不是想为世界添点什么吗？世间万物够齐全了，可是类似自己这样的生

---

① 化生：把没有的东西变化出来。

3

物却还没有，那为什么不模仿自己创造点什么呢？

　　说干就干，女娲把湖边的黄泥，掺了水，对着水里自己的模样，在手里揉捏着，一会儿就团成了一个小泥人。她对着泥人的鼻孔吹了吹气，真神奇，泥人竟然有了生命，小胳膊小腿在女娲手中不安地摆动着。女娲将这个小东西放在地面上，这个小泥人立刻扑过来，开口喊道："妈妈！"然后小泥人围绕着女神，一阵手舞足蹈，兴奋地呼叫，表达着人类诞生后的欢愉。

　　看着自己亲手创造的生物，女娲忍不住笑了，心里充满了创造的欢乐。这个喊她妈妈的小泥人太让她欢喜了。想了半天，女娲决定给她心爱的孩子取个名字，叫作"人"。

　　这是第一个人类，身体较小，远远赶不上高大俊美的女神，但他是女神模仿自己创造的，脸容轮廓、言行举止有些类似于神，与飞鸟走兽都不相同，似乎有一种掌管世界的能力与气概。

　　女娲继续工作，用湖泥捏了更多可爱的小人儿。他们和第一个人一起，围着他们的妈妈欢呼跳跃，七嘴八舌地喊着："妈妈！妈妈！"这一切，都让女娲有一种说不出的满足与愉悦，她再也没有那种孤独无聊的感觉了。

　　黄昏到来了，晚霞烧红了地平线上的云朵，女娲就着黄昏的光线工作着。不久，夜晚来临，女娲沐浴着星星和月亮的幽光，还在继续工作。到了半夜，实在是太累了，她就将头靠在山崖上，打了一个盹儿。第二天，晨光刚在湖边树林上显露，女娲又赶紧起来工作，她想让自己创造的人，像鸟儿一样遍布整个大地。但是工作了三个月，好像大地上人类的影子还是很稀疏。她实在太累了，几乎抬不起搓泥团的手臂。

这样下去，造人的工作难以为继。怎么办呢？女娲想出了一个简便巧妙的办法。她从山崖上扯下一条长长的野藤，将藤条伸进一个泥潭里，搅动着浑浊的泥浆，然后抬手一挥，泥点飞溅，落地后就变成了许多小人儿。小人儿们叫跳着，喊着妈妈，跟女娲手捏的泥人没什么区别，整个湖边，像一个巨大无比的幼儿园。这种方法简便多了，于是，女娲挥舞着藤条，任凭泥点如雨落下，不久，大地上满是人活跃的影子。

造人的工作终于完结了，女娲还没有休息好，又一个问题摆在了她面前。她发现，人毕竟不是神，过了一些时日后，竟会死亡。难道在他们死亡后，自己还要夜以继日地工作吗？这太麻烦了。如何让自己创造的人族不断绝，能够永远延续下去呢？这变成了一个亟待解决的问题。最后，女娲想出了办法，那就是将这些小人儿分为男女两性，当男人和女人结合后，小人儿自己会造出人，而且让这些爸爸妈妈担负起抚育婴儿的责任。就这样，人类的种族世代延续下来了，一天又一天。女娲和她创造的人类快活地生活在这个天地中。

补　天

一日，人类多年来平静无事的幸福日子中断了。

也不知道什么原因，或许是天上的神国发生了暴乱，或许是初开的天地还没有构造牢固，发生了大变动：天空塌了下来，露出了丑陋的大窟窿，地面开裂了，到处都是纵一道横一道的深坑。伴随着天地裂变，森林变成了火场，洪水从地面裂缝中涌出来，从天上的大窟窿落下来，淹没了山川沟壑，陆地一片汪洋。人类寻找山岭的高处，躲避着洪水，可是山林大火逼出来的凶禽猛兽又往往将他们残害。人类在这样的天灾之下，几乎都不能生存了。

高大的女神俯瞰着自己造出来的孩子们在洪水烈焰、凶禽猛兽的侵袭下四处逃窜，痛苦地哀号，心里难受极了，她要救救她的孩子们。已经来不及找寻天地变动的原因了，当务之急，还是将那个不停漏雨的窟窿补起来。

补天工程浩大而艰巨，女娲来到江河边，在河滩上挑选着五色石，然后，她燃起了一堆熊熊大火，焚烧这些石头，直到它们被熔炼为胶糊状的液体。她飞上了天，绕着窟窿，涂抹填充上这种胶糊状的液体。最后窟窿像衣服窟窿一样补好了，看上去，与原来天空的颜色不太一样，就像一块五色的补丁，但是天象变得平稳，不再有黑色的雨水倾盆般漏下了。

补好了天，女娲担心天会再次坍塌，就去昆仑山上找到巨龟，将它的四条腿割了下来，撑在大地的四个方向上，代替天柱，将天空撑了起来。天地终于安稳了，不会再发生天空坍塌、雨水漏下这样的事情。

可是洪水还继续在陆地肆虐着，女娲的孩子们在水中载浮载沉，尖叫不止。女娲收集江河边的芦苇，将其烧成了灰烬，又将这些灰烬累积起来，堵塞住了滔天的洪水。

这场莫名的大灾祸，终于被女娲平息，人类得救了。大地不久就恢复了生机勃勃的景象：一年四季，春、夏、秋、冬周而复始，循环往来；天气冷热交替，自然平和。当初那些吃人的凶禽恶兽已被女娲清除，在与人类的长期共生中，一些凶兽慢慢被驯服，成为和人类朝夕相处的朋友。土地肥沃，物产丰富，只要稍微动下手，人类就可以果腹。人类又重新过上了快乐幸福的日子。

女娲为她的孩子们感到高兴，不过又觉得他们的日子似乎有一些单调，于是她又造出了一种能发出悦耳乐声的乐器。它由葫芦构成，插上十三支管子，看上去就像凤凰的尾羽。她将这件乐器命名为"笙簧"，赠送给了她的那些儿女。

在笙簧清扬动听的乐声中，女娲放下了工作。她觉得已经为自己创造的人类贡献了所有的力气，她想休息休息。她闭上眼，睡着了，永远没有再苏醒。就像盘古一样，女娲死后，身体也化为世界万物。

黄帝大战蚩尤

传说黄帝长着四张脸，分别面对着东南西北四方，所以各处有什么动静，发生了什么事情，他都一览无余，可以说，就连一只飞鸟他都能注意到。

蚩尤是南方部落的首领。他兄弟众多，足足有八十一位。而且，这些兄弟个个都身长数丈，虎背熊腰，武艺高强，作战时也勇猛凶悍。说起来，这些弟兄相貌也不寻常，四眼六手，长着一双牛蹄子般的大脚；头上两根锐利的角像利剑往前戳着，耳边的毛发笔直坚硬，好像钢钻。有了这些兄弟作为自己的左膀右臂，蚩尤便想与黄帝争霸。他串通那些对黄帝怀有怨念的天神，又网罗了山林水泽里的妖魔鬼怪，浩浩荡荡地杀向了黄帝所在的部落。

黄帝心肠慈悲，他试图用仁义之心来感化蚩尤，劝他不要妄动干戈，让百姓受苦。可是蚩尤不肯放弃，黄帝一看蚩尤气焰这样嚣张，就只能迎战了。

蚩尤养精蓄锐，抢先发动了战争，黄帝则是被迫应战，准备仓促，所以战争一开始，双方在涿鹿展开厮杀，黄帝一连吃了几次败仗。但是随着战争越来越深入，黄帝慢慢摆脱了被动的局面。

这一次，双方激战中，蚩尤忽然张开他的血盆大口，喷出

蚩尤

弥天浓雾，笼罩住了黄帝的士兵。这些士兵在浓雾中看不见敌人，也分不清战友，甚至连东南西北都无法分辨，只能在迷雾中走来走去，怎么也摆脱不了迷雾的包围。蚩尤的军队进入迷雾则毫无障碍，看得清周边的情况，他们就像隐蔽的豹子一样，出没在迷雾中，见人就杀，见马就砍。黄帝的军队狼狈不堪，不得不败退。

黄帝好不容易聚集了溃兵，商量如何应对蚩尤的迷雾法术。这个时候，黄帝身边的一位以聪明多智著称的大臣风后站了出来，对黄帝说：

"尊敬的黄帝，你知道，我们之所以在迷雾中遭遇失败，就是因为不辨方向。我了解一些天文知识，知道天上的北斗七星无论如何转动，用直线把勺形边上两颗星连接起来向勺口方向延伸，就遇到北极星。我们要是发明一种指南车，让它的指针永远指向南方，这样，蚩尤的迷雾阵不就不攻自破了吗？"

黄帝大喜，就任命他为督造官，赶快制造出指南车来。风后展现出了巧夺天工的高超本领，不久就做成了一辆指南车。看上去，这辆指南车和战车差不多，前面有战马拉拽着，唯一的区别是车前有一个小木人，这个木人的右手张开，一直指着南方。有了指南车，辨认出南方，那么其他方位就一清二楚了，黄帝率领着他的军队，轻易地冲出了大雾的包围，破掉了蚩尤的法术。

黄帝想，蚩尤，你有法术，难道我就没有助手吗？他叫出他畜养的神龙"应龙"，这条龙有一种特殊本领，能够积水下雨。于是，黄帝命令应龙出阵。这条龙来到阵前，施展法术，瞬间，天空乌云集聚，一阵霹雳后大雨滂沱。蚩尤一看，就把风伯和雨师请来。战场上一时间暴雨倾泻而下，狂风吹动着暴雨向着黄帝的阵地上逼过来，黄帝的士兵在狂风暴雨中睁不开眼，阵容一片混乱。

黄帝看见情势不对，立马又召自己的女儿"魃"（bá）来助战。魃长期居住在系昆山的共工台上。她个子矮小，只有二三尺高，光秃着脑袋，眼睛却又长到了脑门儿上，一身黑衣服常年不离身。魃虽然长得丑，但有一项独特的本领：她的身体就像煤山一样储藏着大量的热，要是释放出来，就好似火山爆发。听到父亲的征召，魃立刻释放出大量的高热，瞬间就将蚩尤的狂风暴雨止住了。趁着蚩尤的军队在高热中立足未稳，黄帝率领兵马冲杀过去，取得了胜利。

取得了胜利后，黄帝希望一鼓作气彻底打败蚩尤。他让人制作了一面战鼓，用来鼓舞士气。这面鼓非常神奇，首先，它的鼓皮取自东海流波山上的野兽夔（kuí）牛。这种野兽颇像牛，但是独腿无角，披着一身苍灰色的毛，能够在海水里自由出入。入海的时候，伴随着狂风暴雨，这时它的身上也会发出耀眼的光芒。这种神兽吼声如雷，被黄帝相中，他就用这种神兽的皮来作为鼓皮。其次是一对鼓槌，用雷泽里的雷兽骨头做成。当这面鼓敲响的时候，山鸣谷应，天地变色，响声能够传到千里之远，让自己的士兵热血沸腾，却让蚩尤的军队闻声丧胆，不战而退。在战鼓声中，黄帝乘胜追击，又一次取得了胜利。

蚩尤再次失败，仍不甘心。他跑到了好朋友夸父那里，邀请他出兵助战。夸父同意后，率领大批巨人族士兵加入了蚩尤的队伍，迎战黄帝。得到了夸父的帮助，加上巨人族士兵作战勇敢，蚩尤在随后的战争中接连取得了胜利。黄帝连连败退，这一次，他匆忙带领败兵退到了泰山。蚩尤紧紧追击，丝毫也不放松，他又动用迷雾法术包围了泰山，将黄帝的军队围困了三天三夜。情势危急，突然有一位老太太出现在黄帝面前，说："我是九天玄女，前来助你，你最需要我什么样的帮助？"

黄帝说："谢谢玄女，我渴望有一部百战百胜的兵法，这样我就能击败蚩尤和夸父的联军。"

在玄女的帮助下，黄帝获得了变幻莫测的绝妙兵法。有了这部神奇的兵法，黄帝对战蚩尤时，行军作战非常机动灵活，接连几个大胜仗下来，逐渐占据了上风。战争局势发生了根本变化，黄帝由原来的劣势地位，变为绝对优势地位。

这次大战，彻底击溃了蚩尤的军队。兵败的蚩尤一路败退，撤退到了黎山，但是黄帝的军队包围了黎山。应龙大显神威，活捉了蚩尤，黄帝终于取得了最后胜利。但不幸的是，应龙也因用力过度，邪气入体，只好留在南方的水泽里，造成了现在南方多雨的天气。

作为战争的罪魁祸首，蚩尤的命运可想而知了。黄帝没有宽恕蚩尤，而是将他杀死。行刑的时候，黄帝为了防止蚩尤逃跑，一直没有将他脖子上戴着的木枷取下来，直到蚩尤断绝了最后一口气，黄帝才让人将那血迹斑斑的木枷解下来，抛到了荒山野岭中。这副木枷化为枫树林，秋天时，枫树的叶子色泽鲜红，传说那是蚩尤的血染成的。

共工怒触不周山

　　黄帝的孙子颛顼曾是北方的天帝，由于他出色的治理能力，黄帝非常赏识他，去世前，将中央天帝的权力授予了他。

　　当黄帝还在管理中央的时候，颛顼将北方天庭治理得条理分明，对待人类极为体贴、慈爱。但登上了至高无上的中央天帝宝座后，颛顼立刻暴露出了专横的本性。他不顾大家反对，干了几件人神共愤的事情。首先他断绝了天人之间的通路，派了两位下属大神，一个叫重，一个叫黎，砍断了天梯，防止治下的人类到达天庭。这样地上人类那讨厌的诉苦声和要死要活的声音他就再也不用听了。其次，由于北方天庭是他的发迹之地，他就将太阳、月亮和星星捆绑固定在北方的天空，再也没法移动。这样做的后果就是，北方好像永远处于白昼状态，三种天体一起闪耀，晃得人们的眼睛一片昏花；南方不仅见不到太阳和月亮，甚至连星光都难得一见，永远都在黑暗之中，有的地方漆黑一团，有的地方朦胧灰暗。大地上，无论南北，人类生活都十分不便。最后，颛顼为了防止治下的"刁民"造反，放出了很多山精水怪、凶禽猛兽，这些怪物出没在大地上，让人类担惊受怕，不得安宁，自然也就没心思反对他了。

　　对待人类，颛顼采取了种种压迫和防范手段；对待治下的天神，颛顼也是异常蛮横，稍不满意，就极力压迫。

共工为北方水神，掌管北方的河流，非常不满颛顼当上中央天帝以后种种倒行逆施的行为，表现出不服气的神态，所以遭受颛顼的压制最深。当被颛顼压制羞辱得难以忍受的时候，共工就集合了一群受颛顼压制的天神，在一个漆黑的夜晚包围了天宫。他们要推翻颛顼残暴的统治，改变这个糟糕的世界。

残暴的颛顼哪里会想到有一群天神在谋反呢？共工他们攻进来时，他正在宫里打着如雷的响鼾。门外震天的厮杀声将他惊醒了，他的贴身侍卫天神跑了进来，向他报告共工带领一群天神杀进了天宫里。他再也睡不着觉了，匆忙披挂上马，带上侍卫天神，冲向了共工的队伍。共工带领的天神们作战勇武，但毕竟人少力薄，不占上风，被逼退出了天宫。共工率领剩下的反叛天神，跑出了天庭，来到了大地上，他们选择了西北方的不周山停驻休息。可是愤怒的颛顼紧紧追赶，不久就追到了不周山。双方短兵相接，展开了一场剧烈的拼斗。

战场上天神们兵戈相向，很快就有天神倒下死去。看着身边的天神越来越少，共工怒气发作，鼓起全身的力气，一头撞向了不周山。要知道，这不周山巍峨高耸，直插云霄，山上光秃秃的，既无树木，也绝鸟雀，全是峥嵘的山岩。名虽为山，其实就是支撑中央天庭最主要的那根柱子。一旦它被撞塌，天地裂变，颛顼的统治也就完了。

水神共工是天神中最有气力的，这一头撞过去，只听见轰隆一声巨响，不周山摇晃了几下，顷刻之间就崩解了。

不周山坍塌后，天地瞬间巨变，西北的整块天空倾斜了下来，而北方天空那些被捆住的太阳、月亮和星星挣脱了绳索，往倾斜的西北天空跑过去，我们今天所看到的日月星辰的运行轨迹就是那时候确立的。不周山崩裂的震动传到了东南大地，那里凹陷形成了一个深不见底的大坑，汇集了江河的流水，天长日久，就变成了今天的海洋。

共工的愤怒一撞，瓦解了颛顼的专制统治，人类世界也变得更加公平与和谐。

燧人氏钻木取火

相传一万年前，有个燧明国，位于上古荒原的某个地方。国人们生活在莽莽的密林中，见不到太阳、月亮，也不分四时八节和黑夜白昼。密林里生长着一种奇特的树——燧木，树干高大，枝叶繁茂，牵牵连连地蔓延了很大一片，有万顷之巨，云雾就在树丛之间游来荡去。这种树说它奇特，是因为它的枝叶迎风相撞就会迸发出火花，就是这些偶然的火花，让生活在其中的人们见到了一丝光明。

后来，有一位圣人，不知道由于什么原因漫游到了燧明国，长期走动，他有些疲倦，就坐在高大的燧木树下打盹儿。四周一片寂静，偶尔风声沙沙，风带动树枝相撞迸射出灿烂的光亮。这位圣人好奇地打量着这一切，这时候，在他右手边，几只长爪、黑背、白肚，长得像猫头鹰的鸟儿，停驻在树干上。它们仰起长钳子一样的尖喙，梆梆梆地一下一下啄击着树干，每啄一下，就会迸溅出火花。圣人的睡意一下子消失了，他打量着身前的燧木树，折了一根枝条，模仿鸟儿的啄击，钻击又高又粗的树干，天哪，竟然也有一团火光射出来了！然后，圣人反复钻击，来回试验，终于找到了钻取较大火团的方法。他遇见了燧明国的人，就将这套钻木取火的办法传授给了他们，从此，人类就掌握了生火的技巧。这位圣人后来就被尊称为"燧人氏"。

有了火，人们的生活发生了彻底的改变。火不仅给燧明国人带来了光明，还让人们不用再吃生肉了，他们开始用火来煮食猎物。人们开始吃熟食，人与动物之间的区别就渐渐明显了。随着摄取熟食时间的延续，人类身体抵抗疾病的能力大大增强了，他们的智力也得到了发展。

除了教会人们使用火，圣人燧人氏还教会了人们如何从江河里捕鱼。

可以说，自己钻木取火和渔猎，大大提高了人们的生存能力，推动了原始社会向前发展。

由于这一有益于人类的伟大功绩，人们将燧人氏尊为圣人，将其当作令人尊敬的古帝王之一加以赞颂。

尊炎帝为神农

　　上古时期，人们生活非常艰苦，只能以捕食鸟兽和采摘野果为生，饥一顿，饱一顿，朝不保夕。这种状况持续到了炎帝的时候。

　　当时，随着人们不断繁衍生殖，人口逐渐增多，鸟兽和野果根本就不能供这么多人分食，就出现了饥荒。冬天的时候，饿殍遍地，为了一口吃食，争斗天天发生。炎帝看在眼里，甚为烦恼：这样持续下去，鸟兽肯定会越来越少，如果不开辟新的食源，人类的发展就会因为饥饿而中断。考虑到食源，炎帝想到，草木年年结实，它们可以源源不断供给人类，取用无穷。要是能将其中那些可以食用的耐储藏的草木种子拿来培植，该多好啊！那样人们年年有收获，就不愁食物短缺了。

　　炎帝发现，种子要得到培植，需要埋在肥沃的泥土里。而一般的硬土需要翻耕，为了较大面积地种植草木种子，需要创造一种适合耕种的农具，于是，炎帝砍了一棵树，想用来制作农具。想法很清楚，但落实到具体的制作上就太困难了。无数个日夜过去了，炎帝的眼里布满血丝，人也逐渐消瘦，农具的制作依然没有完成。妻子为他担心，希望他放松一下，休息一阵。炎帝总是对着妻子抱歉地笑笑，依旧没日没夜地研制他的那件农具。

　　经历多次的失败，反复试验，炎帝终于制作出了一件农具——耒耜（lěi sì）。炎帝用这件耒耜在地里试耕，倒是能够翻起土来，但特别费力。炎帝想：也许还有什么需要改善的地方。他决定上天去问问天帝。

炎帝拜见了天帝，不等他开口，天帝倒先问了起来："听说你制成了一件农具耒耜？"

"是啊，尊敬的陛下，我正是为了这件农具来找你的。"炎帝说，"费了一些时间，耒耜倒是制作成了。就是有一个问题，用起来太费力，一上午才翻耕完较小的一片地。您有什么办法来提高效率吗？"

天帝沉思了一会儿，说：

"炎帝，你在凡间勤政爱民的名声，我在天庭都听到了。我一直想给你提供帮助。我这里有件宝物，平日珍藏着，其他天神想看，我都不舍得拿出来。我将它赐给你，你把它装在耒耜上。有了它，耒耜就能行走如飞，一天下来，能够耕种不少田地呢！这件宝贝，你要珍藏起来，不能丢了。"侍女们从内室取来了这件宝物，炎帝带着这件宝物，高高兴兴地回到了人间。

炎帝将这件宝贝装在耒耜上，耒耜自己就跑动起来，不一会儿就翻完了一大片地。长久以来悬在炎帝心上的问题解决了，他注视着自己发明的农具在土地上工作，一大片肥沃的黑土翻卷起来，他心头狂喜。过了一段时间，土地都翻耕好了，他收集挑选了一些可以食用的草籽，种在了地里。

春天来了，种子生根发芽，破土而出，长出了绿油油的叶子，在风中摇摆。不久秋天来到，人们收获了很多种子，他们今年的过冬食物就有了保障。

第二年，炎帝的五位大臣稻、黍、稷、麦、菽，带领百姓，根据土地的燥湿、肥瘠等情况，选择合适的地段，分别种植这些种子。有了这适合人类食用的谷类植物，人们就不需要再过那种颠沛流离的捕猎与采摘生活，而是定居下来，日出而作，日落而息。比起从前，百姓们算是过上了安居乐业的幸福生活。

　　后来，人类种植谷物这件事传到了一个妖魔的耳朵里，他非常生气，因为这个妖魔专门向人间撒播饥饿。他想：这些愚蠢的人类一旦种植五谷的话，人间将不再有饥饿的存身之地了。没有了饥饿，也就没有人类再向我祭祀，我也就失去了人间的香火供奉，而且，在人间，我的地位也就会大大地降低了。他决定夺走炎帝那神奇的耒耜，破坏人间的幸福，于是，他召集了很多山精水怪，气势汹汹地杀到人间。百姓们护卫自己的幸福生活，在炎帝的带领下，人人英勇奋战，将妖魔打得节节败退，妖魔只好逃走了。

　　这天，炎帝一个人用耒耜翻耕着土地。忽然，一个"亲信"跑了过来，他喘着粗气，还没到跟前，就大声喊道："炎帝，不要耕田了，快快回去！夫人突然得了重病，眼看就不行了。"

　　炎帝看他面色慌张，不疑有诈，匆匆忙忙地走了。当时正是农忙播种的时节，地还没翻耕完。

　　那个"亲信"眼看着炎帝的身影在拐角处不见了，不由得哈哈大笑，他摇身一变，恢复了妖魔原形。这"亲信"原来是妖魔变的！他看不能战胜炎帝，就想了这个办法，智取耒耜。炎帝果然上了他的大当。这妖魔喜滋滋地扛起耒耜，走了。

　　炎帝匆匆跑了回来，推开门，看见妻子正坐在灶前生火煮

20

饭，根本不像生了重病的样子，一下子就明白过来，掉头朝田里跑去。赶到田边，他远远看见了妖魔的背影，正扛着耒耜，往远处走呢。炎帝飞跑着去追这妖魔，一直追到了天边，可哪里追得上！

上了大当，丢失了那件神奇的耒耜，炎帝又气愤又懊恼，郁郁寡欢中，他生了一场大病。现在正是春耕的好时候，翻土工作一天都不能停止。身体刚刚痊愈，炎帝就上了天，拜求天帝，希望能再借一件耕地的宝贝给他。天帝无奈地摇了摇头：

"我告诫过你，不要丢失那件宝贝，可你还是丢了。那件会耕地的宝贝，我只有那一件，哪里还变得出第二件呢？"

炎帝听了这话，见天帝也无能为力，就回去了。他按照天帝的建议，又制作出了一件耒耜。可是，现在的耒耜，每天可翻耕的土地大大地减少了，秋天到来的时候，人们收获的谷物不够吃，冬天天寒地冻的时候，又一次出现了饥荒。

炎帝非常苦恼，不知道该怎么办好。现在，要解决百姓们的吃饭问题，就只能提高五谷的产量。可是除了多种之外，还有其他的好办法吗？焦虑中，炎帝记起自己偶然间听到的一个消息。瑶池的西王母养着一只红色的神鸟，关在笼子里。据说，那神鸟知道一个神秘的地方，那里有一株九穗的禾苗，一年可种三次，有了它，就可以提高粮食产量，而且，它还有一个妙用，人吃了以后会长生不老。也许可以让那神鸟帮助自己取回九穗禾苗。炎帝马上想到另外一个关键问题，那就是，神鸟深得西王母钟爱，一向被视为至宝，她怎么肯借给自己使用呢？直接求助，好像不行，得想一个妙法才行。

炎帝来到瑶池，求见西王母，说自己想去瑶池游玩一下，希望她能允许。他绝口不提借神鸟的事。感念炎帝在凡间的功劳，西王母就同意了。不过，在放炎帝进入瑶池前，西王母反复交代，瑶池的一花一物都不能轻易碰触，炎帝连忙答应了。

进了瑶池，一路上奇花异草，芳香扑鼻。但炎帝无心看风景，直奔着禽鸟宫而去。他来到神鸟身边，东张西望，看起来好像是一个无所事事的好奇游客。他一边轻松地散步，一边上下打量了这只鸟，忽然叹了一口长气：

"暴殄天物，暴殄天物啊！这么漂亮而神奇的小鸟，难道不应该在天地之间自由飞翔吗？关在这监狱般的小笼子里，真是暴殄天物啊！"

炎帝说话的时候，一边摇着头，一副惋惜的样子。

神鸟叽叽喳喳地质问炎帝：

"炎帝，你就只能说这种无见识的傻话吗？谁有我幸福？我在这里，饿了有吃的，渴了有喝的，无忧无虑。西王母异常珍爱我，每天来这里的天神对我都赞不绝口。世上哪里还有比这儿更舒服的地方？也不会有谁过得比我更好！"

炎帝怜悯地看着神鸟：

"你还是神鸟呢，我真为你感到可怜啊，我真为你感到可惜啊！想不到，你真是井底之蛙，不知天地之大，也太容易满足于这一片囚牢似的天空了！你对这种囚犯生活这么轻易就感到满足，我不得不说，你的眼界太狭小了。说起来，也怪不得你，你待在笼子里，一年到头，走动的距离还不到五十米，怎么可能获得远见呢？天高地远，到处都是我们自由自在活动的地方，这哪里是你能想象得到的呢？我真的建议你去天地之间走一走，呼吸一下那外面的空气，你就立马能够明白现在可悲的处境了。要是我，早就闷死了。"

神鸟听了炎帝的话，惊讶地说：

"你说凡间这么好，我在瑶池，怎么从来都没人告诉我呢？"

炎帝进一步诱惑神鸟，说：

"亲爱的神鸟啊，难道你现在还不明白吗？你没有听说，那是因为西王母故意不告诉你，害怕你见异思迁，瞒着你呢！我跟你说，你去人间走一走，就知道我说的话的真假。我来描述一下凡间美丽的天地吧：蓝天白云，彩霞漫天，云气缭绕；大海碧蓝，海鸟展翅飞翔，浪涛冲击着海岸，发出轰隆隆的声音；地上遍布着青草，蝴蝶翩翩起舞，蜜蜂嗡嗡着在百花丛中采集花粉，酿制甜甜的蜂蜜。你的同类，很多小鸟儿在林间快乐地歌唱，成双成对，哪像你独处幽室，忍受无限的孤独清冷呢？"

神鸟被说动了，不免对西王母产生了不满。它不安地在笼子里跳了几跳，觉得炎帝说的对极了，它说："炎帝，你说的人间这么美好，你能带我去玩一玩吗？这个笼子，待着确实憋闷啊！"

"没问题，但我怕你没有什么勇气。再说，你跟着我去人间做客，总得带上一点儿礼物啊！"

神鸟兴冲冲地说："你快带我走吧！人间这么美好，我还待在这笼子里干什么？礼物嘛，也简单，我将九穗禾苗衔去，怎么样？"

炎帝心中窃喜，说："好。你去将九穗禾苗衔来，我在瑶池门墙外等你。"

炎帝兴冲冲地将鸟笼打开，神鸟展开翅膀飞走了。在瑶池门墙外等了一会儿，炎帝就看见了神鸟，它红色的尖喙衔着九穗禾苗，快速地飞了过来。到了炎帝的国度，神鸟将九穗禾苗扔给了炎帝，独自在人间广阔的天地中游玩去了。

九穗禾苗的种子撒进了地里，炎帝求助天帝，让太阳神和雨神帮助照管，神奇的是，五个地段竟然长出了五种不同作物。为了

神农盗谷种

便于区分，炎帝按五大臣的名字命名作物，把这五种作物分别叫作稻、黍、稷、麦、菽。秋天，人们收获了一尺多长的嘉谷。这种嘉谷，吃后会满嘴余香，一年不饿，据说还可以长生不死呢！

有了九穗禾苗的种子，人们既不需要成天劳累翻耕较多的土地，也不需要吃掉那么多的谷物，日子过得特别舒服。几年下来，人们就养成了懒散的习惯，变得贪图安逸，而且渐渐变得不服管教。这一切的变化，炎帝看在眼中，甚为懊恼，于是，他再一次上天，将这个情况禀告了天帝。天帝就命谷神将嘉谷中长生不死的成分去掉，他还规定五谷此后一年只收一次，人吃了后不再一年不饿，而是过两个时辰就需要再次进食，一天需要进食三次才行。由于五谷发生了以上种种变化，人们不得不像从前一样勤劳简朴，才能过上较为平稳的生活。

那只将九穗禾苗带到人间的红色神鸟，受到了天帝的严惩，它被贬为凡鸟，永留人间，可是，这难道不是那只红鸟向往的吗？它毫不留恋金丝鸟笼里的生活，它喜欢在广阔的天地中飞翔、歌唱。所以，受到了惩罚，它毫不介意，反而到了播种季节，还催促人们快些播种呢！人们非常喜爱它，称呼它为布谷鸟。有一天，西王母想起了那只偷跑的神鸟，特别生气，要派天神下去将它捉拿回来，关进金丝鸟笼里，供神仙们观赏。但是，布谷鸟根本就不想重返天庭，因此就在人类的帮助下躲藏起来。从此以后，人们只能在春天播种的日子看到布谷鸟。它跑出来，声声地啼叫着催人播种。其余的日子，就不知藏到哪里去了。

炎帝制作耒耜、教民耕种的恩德，人们一直感念，他们尊炎帝为神农。

精卫填海

炎帝的小女儿女娃，很得父亲的宠爱。有一天，女娃独自外出，也没有告诉家人，她驾着小船，出东海游玩。风和日丽的海面，海浪波动着，女娃玩得非常开心。但不幸发生了，大海转眼之间变了脸，起了风浪，山一样大的海浪将小船掀翻，女娃淹死了。女娃的悲剧让炎帝非常痛心，但是他却无法让女儿起死回生。

死去的女娃非常不甘心，化作一只精卫鸟。这只小鸟白嘴壳，红脚爪，顶着一个花脑袋，体形只有乌鸦那么大。它住在大地北方的发鸠山上，因为无情的大海夺去了女娃年轻的生命，精卫鸟愤恨难平。它飞到西山叼起一粒石子，或者衔起树枝，一路飞到东海。在潮起潮落的海面上，精卫鸟将石子或树枝恨恨地丢下，它要将大海填平。

大海汹涌着，一浪高过一浪，喷溅着泡沫，它发出无所谓的嘎嘎狂笑："小不点鸟儿，来呀，欢迎来投石头树枝。你就算干上一万年，也休想将我填平！"

精卫展翅飞翔在天空，尖声叫道：

"你放心，我会继续干下去的，哪怕是十万年，百万年，千万年，直到世界末日，宇宙终结，我也要填平你！"

"为什么？我们有仇吗？你为什么恨我如此之深？"

"仇？"鸟儿尖叫着，"是你——将我年轻的生命扼杀，我相信，不填平你，会有更多年轻无辜的生命因你而死去。"

"蠢鸟，那你就干吧！"大海哈哈大笑。

精卫双翅爹开，悲声叫喊着：

"你这狂妄的、该死的家伙，你等着吧，我要永无休止地干下去！总有一天，你会被填成平地！"

精卫迅速飞离大海，返回西山，一次次地搬运着山上的石子和树枝，将它们投进大海。它来回飞翔，从不休息。直到今天，精卫鸟还在做着填海的工作呢！

精卫

祝融的故事

　　黄帝时的火正官，名叫祝融。什么是火正官呢？就是部落里掌管火的官员。说起来，关于祝融怎么当上了火正官，还有一个小故事呢。

　　祝融是尊称，他的名字叫黎，出生于一个氏族酋长的家庭。这个黎，刚出生的时候，小脸通红，好像被火熏过一样。长大以后的黎成了一个魁伟的壮小伙子，人非常聪明，但脾气暴躁，稍微不顺心就会火冒三丈。

　　黎生活的时代，人类早就学会了钻木取火，但在如何保存火种、利用火方面，毫无进展。黎天生爱火，十几岁就成为部落的管火能手，熟练掌握着用火的技巧，他不仅会用火煮饭烤肉，取暖照明，驱逐蚊虫野兽，甚至长时间保存火种，也不在话下。这些了不起的本领，为黎赢得了人们的尊重。

　　这年冬天，野兽绝迹，林木枯槁。为了吃食，部落准备长途迁徙，黎觉得带着火种太不方便了，于是就只是将部落用来钻木取火的尖石头带在身边。这天晚上，部落的人暂时露宿在一座背风的石山下，他们急需生火取暖，煮食风干的瘦肉。黎拿出那块尖石头，找来一根大木头，就开始闷头钻起来。天冷风大，钻了三个时辰，木头上别说火，连烟都没有冒出一缕。黎憋屈地满脸通红，非常生气。但这么多人都等着他的火，他只好压制住火气，耐心地钻啊，钻啊，钻啊，又耗费了三个时辰，木头上倒是冒烟了，可是依然没有火。在寒冷的夜色中等待了很久的族人又饿又冷，忍不住抱怨了几句。祝融本来就憋着一肚子的火，这次再也忍不住了，呼的一声，把尖石头向山石砸过去。哇，他看见了什么，那不是他苦苦寻求的火星吗？这一下子，黎马上笑了出来——他想出了更好的取火办法。他让族人采来一些晒得干透的芦花放在了地上，用两块尖锐的石头互相撞击，火星迸溅了出来，落在了芦花上，不一会儿，族人就围坐在火堆边煮食风干瘦肉了。

这一次击石取火的办法，大大地方便了人们的生活：取火再也不用那么费力了，保存火种好像也没有什么必要了。想什么时候生火，用两片尖石头撞击就可以了。不久，黎的名声传到了很远的地方，连部落联盟的首领黄帝都知道了。黄帝邀请黎前来，封他做了这个专门管火的火正官。

黄帝非常欣赏这个年轻的小伙子，说：

"年轻人，我觉得一个字的名字不好，你改名叫祝融怎么样？愿你能给人间带来永远的光明。"

从此，大家就改叫黎为祝融了。

祝融所在的时期，正是黄帝与南方氏族首领蚩尤大战的时期。黄帝将中原所有的人联合起来，交给几位善战的将领带领，而祝融就是其中一位。蚩尤处在他的实力最为雄厚的时期，人多势众，而他的八十一个兄弟更是异常骁勇。他们身披兽皮，头上装饰着尖尖的牛角，力大无比。更可怕的是，蚩尤还会法术，会喷出迷雾，将战场完全笼罩住。所以，一开始，两军对阵的时候，黄帝的军队在大雾里迷失了方向，遭到了蚩尤军队的凶猛攻击，一路溃败，到了涿鹿才稳定下来。双方在涿鹿对峙了很久，黄帝的军队根本不敢出动，一直被蚩尤的军队包围着，后来，有人造出了指南车，才破了蚩尤的迷雾阵。

蚩尤的部下都披着兽皮，祝融见了后，心生一计。他命令自己的部下，一人手执一个火把，随处放火。蚩尤的士兵披的兽皮着火，焦头烂额，溃败而逃。黄帝乘胜向南追赶，渡过了黄河、长江，最终在南方的黎山消灭了蚩尤。这次大胜，祝融立了大功，得到了黄帝的厚赏。

黄帝的军队凯旋，经过云梦泽南的大山时，祝融被黄帝叫到了跟前。黄帝指着眼前巍峨的群山，问祝融："祝融，你能告诉我这是什么山吗？"

"至尊的黄帝，这是衡山。"

"那么，你能告诉我这山是怎么来的吗？"

祝融不慌不忙地答道：

"据故老相传，天地初生之前，世界一片混沌，像个鸡蛋，我们的始祖盘古就在蛋中沉睡。他醒来后，开天辟地，才有了我们世间的万物。盘古天神存活了一万八千年，死后他的身体就化作了山陵。他的头朝东，隆起为泰山；脚向西，是为华山；凸起的腹部，成为现在的嵩山；右手指向北方，就变成了恒山；左手指向南方，就是我们眼前的这座衡山。"

黄帝鼓掌赞赏：

"祝融，你讲得清清楚楚，说得好。不过，我很好奇，为什么这山叫衡山？"

祝融马上答道："你仔细看看，这座山的位置，恰好在云梦与九嶷（yí）之间，是不是像一杆秤呢？它不仅可以称出天地的轻重，还可以权衡帝王道德的高下，所以人们就给这座山取名为衡山。"

黄帝听了祝融的话，高兴地抚着胡子，说：

"祝融，想不到你对这南方的山岳如此熟悉。放心，回去后，我会重用你。"

祝融跪别了黄帝后，又高兴又纳闷。让他高兴的是，自己可以得到黄帝重用，但究竟会委派自己什么重任呢，却又没说，未免让人摸不着头脑。

天色已晚，黄帝的军队就不再行军，驻扎在衡山脚下。吃罢饭后，他们举办了一场浩大的仪式——黄帝在衡山山顶接受南方各个部落的臣服朝拜。仪式完结后，举办舞会，那么多南方氏族聚集在一起，围着火堆，吵吵嚷嚷。祝融则拿着笛子，吹奏起黄帝编曲的咸池之乐。黄帝的妻子嫘祖乘兴跟着节拍，跳起了翩翩的舞来。其他人看了，也手拉着手，围着黄帝跳起了舞。

舞罢兴尽，圆圆的月亮升上了高空，山顶一片澄净。黄帝挥了挥手，大家都静了下来。这时，黄帝提高了嗓门，大声说：

"各位，自我就任首领以来，定历法，造文字，编排音律，亲定医书。此外，我的妻子嫘祖育蚕抽丝，我族人才开始穿衣服，且有了一定的制式。现在，天下一统，我就给天下五座山命名，分别为东岳泰山，西岳华山，南岳衡山，北岳恒山，中岳嵩山。现在我们处在南岳之上，我将命令火正官祝融镇守南方。"

祝融这时才知道，所谓的重任究竟是什么。

黄帝的军队继续前行。祝融留在了衡山，管理南方。这里不像黄帝所在的北方平原，人们的生活水平已经比较高了。祝融从高高的衡山顶峰望下去：北方的人们已经吃上了熟肉，在黑夜中点上了明亮的火把，可在南方，人们竟然还生吃兽肉，在黑暗中摸索前行。于是，祝融就将取火的技术教给他们，劝服他们煮熟再吃；还教他们使用火把，点上耐烧的松枝。比起晴朗干燥的北

方，祝融发现南方瘴气重，蚊虫多，导致这里的人常常生病，祝融就点起冒烟的火把，帮助他们驱除蚊虫和瘴气。有了火，南方人民的生活大大地改善了，祝融也赢得了人们的爱戴。秋收之后，他们就前往衡山顶来朝拜他，对他说：

"尊敬的祝融啊，感谢黄帝让你来管理我们。你来了以后，带来了火种，为我们造了多少福啊！我们现在人丁兴旺，日子也较为丰裕，这一切都是你带给我们的呀！你不是为我们带来了火，带来了赤色的火焰吗？我们一致决定尊你为赤帝。"

就这样，祝融又获得了另外的尊号——赤帝。

幸福快乐的日子可能伴随着天灾人祸。这一次来临的灾祸源于共工。他和别人争夺帝位，就在不周山附近打了起来。那不周山，本来是支撑天界的柱子，愤怒的共工一头就将柱子撞断了。这一下子不得了，天空北倾，日月星辰都朝西北方向飞过去；而大地向东南倾斜，江河湖泊的水也都往东南方向流过来。南岳衡山受到了很大的影响，上面的天穹也要垮斜下来，地面则像在波浪上一样摇晃着，大地随时可能倾覆。人们不知道发生了什么，吓得哭起来，抱着树，攀爬上岩石，但天地还在不停地摇晃动荡。祝融一看，这样下去不行，这里的人很可能会全部死去，于是，他举起双手，使出全身的力气托住了天空，竟然将那快要倾倒的高峰扶住了，人们得救了。

今天，人们来衡山游玩，还可以看到很多当年祝融留下的痕迹。叫作赤帝峰的山峰，据说就是祝融死后埋葬之地；祝融峰则是他当年管理南方时的居住之地，而在祝融峰顶上，百姓们还修建了一座祝融殿，用来纪念祝融的功德。

羿射九日

天神中，箭法最为出众的是羿。羿的力气惊人，弓拉满弦，箭头所指的敌人，没有一个能够逃脱的。他在每次战争中表现出来的高超箭艺，勇武精神，让其他天神很是敬重。

当时天上的统治者名叫帝俊。他的两个妻子，常羲是月亮女神，生了十二个月亮女儿；羲和为太阳女神，生了十个太阳儿子。东海外边有片水域，水像烧开了一样滚沸，人们将它称为"汤谷"，天帝的这十个太阳儿子就住在这里，轮流值班，负责为大地提供光明和热量。

每天早上，汤谷边那棵几千丈高、一千多围①的扶桑树上，就有一位太阳儿子高高地挂在较高的树杈上值班，而他的九个兄弟则继续在较低的树杈上睡觉。值班的太阳儿子在巡视天空之前，往往先赶往咸池洗个澡，然后才骑着他的坐骑——三足金乌慢悠悠地飞上天空。这些三足金乌，也就是日精，带上值班的太阳，从汤谷出发，到达最西边的虞渊，又绕回到扶桑枝头。每天如此，年年如此。由于每次只有一个太阳儿子值班，人们一直以为天上只有一个太阳，根本不知道树杈上还睡着其他九个太阳呢！当然，人们误认为天上的太阳只有一个，也是因为这十兄弟长的模样难

---

① 量词，指两只手的拇指和食指合拢起来的长度。

分彼此，除了母亲羲和，谁也说不出他们谁是哥哥，谁又是弟弟，即便是天帝帝俊也分不清。所以，这十兄弟的排班，就由他们的母亲羲和安排。母亲的安排如此公平、合理，十兄弟没有不听从的。自盘古开天辟地以来，还没有发生过一次失误。

不巧，有一天要排班时，母亲羲和探望天神去了，来不及返回。这天轮值的老十，也是太阳女神最宠爱的儿子，依仗着母亲的娇宠，决定违反一下安排。他对九位哥哥说：

"哥哥们，今天妈妈不在家，我们终于可以自由自在了。你们看，其他天神多么自由自在，想走就走，想来就来，我还没有看到过比我们更受约束的天神呢！"

他指了指地下繁忙劳动中的人类，说：

"哥哥们，我们身为天神，有时候还不如地上的那些渺小的人类自由，他们都比我们过得快活。你们看我们，一天到晚，一条道儿，来来回回，天天如此，年年如此，太没劲了。今天我们变换一下，一齐出去，怎么样？"

年纪最大的那位哥哥较为稳重："不行，你这样做，母亲回来会惩罚我们的。"

羲和的小儿子哈哈大笑："大哥，你胆子真小。今天妈妈不在，我们比试一下，看一看谁的光最亮，谁的热最多。谁不去谁就是胆小鬼。"

弟弟这么一激，连最稳重的哥哥也不愿意做胆小鬼，最终赞同了。就这样，十个太阳悬挂在空中，鼓足劲儿地向外散发着无穷的热力和刺眼的光辉。他们光顾着互相比试，嚷嚷着"哥哥，看我的"，或者"我比你的要亮"，根本没考虑到地上生物的受热能力。就在他们互相比试光热的时候，大地一片明亮，光焰腾腾。庄稼地燃烧起来。河流干涸，河床龟裂。人身上的水分很快化为汗水流淌而去，他们热得喘不过气来，纷纷在树荫下、山洞里躲避热气，但还是有人热死了。

这个时期，地上的国君尧接到了报告，说治下的百姓们忍耐着高温的折磨，非常难过。但是面对那在空中肆虐的十个太阳，

他能做到的就是，跪倒在炙热的阳光下，向天帝祷告，祈求天界之主速速派来天神救人类于火热之中。

天帝很快知道了十个儿子胡闹的事情，非常生气，他派箭艺高超的羿去解决这个问题。在羿离开天庭前，天帝将一把红色的神弓和十根银白的羽箭交给了羿，叮嘱他说：

"羿，这次灾难是我十个儿子胡闹惹出来的，你要替我狠狠地训示他们。不过，他们都还是孩子，你就用这把神弓吓唬吓唬他们就行了。"

羿带着天帝赐予的弓箭，辞别了妻子嫦娥，来到了地面上，拜见国君尧。尧没想到自己绝望中的祷告居然这么快就得到了回应，非常高兴。他盛情款待了羿后，就带着羿四处巡视，视察灾情。羿被眼前的世间惨景激怒了，他又难过，又气愤，决心要好好惩治一下这些罪魁祸首。他登上了高耸的五台山，选择了一块视野开阔的石头。站在石头上，羿拉开了神弓，银白的箭头对准了其中一个太阳。尽管非常愤怒，但羿的本意也是如天帝嘱咐的一样，只是吓唬吓唬他们，让他们知错就改，守本分，遵天规。谁知道太阳们以为自己是至尊的天帝之子，一个小小的背箭的天神，他们哪会放在眼里？面对着银光闪闪的箭头，他们不仅没有收敛光热，反而挑衅他：

"来啊，羿！朝这里射吧，我就在这里呢！"

一路见到的人间惨象，已经让正直的羿义愤填膺，他们不知好歹的行为更是激怒了羿，他再次提高了声音：

"尊贵的天帝之子，请你们立刻返回汤谷，否则我就不客气了。"

十个太阳——天帝的儿子们发出了哈哈的嘲笑声，他们立刻鼓起吃奶的劲儿，让身上储存的光热毫无保留地倾泻下来，大地上，人们的哀号声更加凄厉。羿不再留情，双臂用力，弓弦嘎嘎地响着，手一松，神箭迅速地飞上了天空。只见天空中金光一闪，一股青烟伴随着纷飞的火花无声地爆裂，一个太阳就被羿射爆了。其他太阳一看不好，催动三足金乌，迅速地逃跑了。羿意识到自己闯下了大祸，干脆一不做，二不休，接连八箭，空中闪亮耀眼的八个太阳就一一闪光、冒烟、爆裂。当羿抽出最后一支银箭，搭上弓，正准备将最后一个太阳也射下来的时候，国君尧急急忙忙赶了过来，大喊："尊敬的天神，手下留情！"

羿停止了射箭，掉头看着满头大汗的尧。尧按住了羿的神弓："尊贵的天神，请手下留情，为我们人类保留一个太阳。我们人类离不开太阳啊，缺少了太阳，我们的庄稼就不能成活，我们也就永远处于黑暗之中了。"

羿想了想，同意了他的要求，最后一个太阳就留了下来。从这以后，这个太阳再也不敢胡闹了，每天按时从东方升起，慢慢向西方飞去。人间的灾难解除了，天地恢复了正常的秩序，人们又过上了安居乐业的生活。

羿射掉了九个太阳，将人们从酷热中解救出来，人们对他感恩不已，拉着他的手苦苦挽留，希望他能永驻人间，造福人类。但是，羿作为天神，是要返回天宫复命的，他依依不舍地告别了人们，上天去了。

太阳神

　　自从后羿射日后，天空中只剩下唯一的一个太阳了。那次羿的神箭将这个胡闹的太阳吓得都快有心理阴影了，看着自己身旁的兄弟一个个地冒烟爆裂，拼命逃跑的太阳以为自己也要完了，还好，后羿箭下留情，至今想起来，太阳还心有余悸。从那以后，这个太阳就按照母亲的吩咐，每天早上老老实实地从汤谷出发，傍晚时候到达最西边的虞渊，清晨又绕回到扶桑枝头。

　　可是，这个太阳自由自在惯了，规矩了一段时间后，又不耐烦了，就开始要滑头：有时候睡过头了，就把要巡行的工作忘掉了；有时他藏在深谷里，懒得出来；有时则玩得高兴了，就半夜里从汤谷的水中跳出来，颠倒晨昏，让人不得安生。过分的是，有时候他要脾气，就在扶桑树上睡懒觉，一睡就是十天半月，地上的人类难以一见他的面容，长久地处于阴冷的黑暗世界中。太阳儿子的问题，天帝很快就知道了。他担心自己再失去这唯一的儿子，虽然生气，但觉得还是要派一个稳重的神来管一管。

　　天帝赏赐给炎帝一只光彩夺目的玉鸡，炎帝就带着这只玉鸡，驾着六条无角虬龙拉着的金车来到东海。当他来到扶桑树前的时候，太阳正在树上睡大觉呢！炎帝手一抬，那只玉鸡一下子飞到了扶桑树树巅，引吭高歌。雄鸡一唱，声传千里，将汤谷里的太阳惊醒了，他看见一根闪亮的"若木"指着自己，而其后炎帝正威严地看着自己，吆喝着："尊贵的天帝之子，请你履行职责！以后再不能偷懒了！否则……"

炎帝扬了扬自己手中的若木，冒出了一阵闪电般的刺啦声。

看着炎帝手中那根鞭子似的不停抖动的神木，太阳害怕了，赶紧起身，红着脸从汤谷中跳出了水面，刹那间，万道金光照耀在波动的水面上。

太阳往前走动着。炎帝驾着他的六龙金车，从容地跟在他的后面，监督太阳的工作。一路上，阳光所及之处，万物勃勃生长，一派生机盎然的景象。突然，有片乌云拦在了太阳前行的路上，他笑嘻嘻地邀请太阳和他一起玩耍。太阳哪敢像往日一样逗留？他不停地眨眼睛，暗示乌云，也拒绝了乌云的邀请，可脾气暴躁的乌云根本就不领情，立即翻滚咆哮，遮蔽住了太阳，弄得他一身脏黑。炎帝挥动若木，一圈圈闪电一样的光冒出，乌云立即逃走了。太阳身上沾染的污迹，凡若木触及之处，立刻重新变得一片光亮。太阳焕然一新，又继续赶路。

半路上，一阵奇怪的仿佛狼嚎的声音响起，太阳立刻拉住了自己的坐骑三足金乌，畏缩不前。前方的路上，不久就出现了一只凶恶的天狼。要知道，这天狼以天上的星辰为食，凶横异常。这个时候，炎帝在车上站起身来，挽弓搭箭，对准了这只桀骜不驯的天狼。天狼连忙掉头就走。赶跑了天狼，不等炎帝催促，太阳又立即前行了。

太阳神

西边的崦嵫（yān zī）山①到了，时间也到了黄昏，这就意味着太阳完成了一天的工作。崦嵫山后有个大水池，太阳扑通一声跳了进去，洗了个舒舒服服的澡，然后跳入了虞渊，重新回到扶桑树上。休息一晚后，玉鸡一啼，太阳又开始了一天的工作。

　　就这样，炎帝每天督促着太阳鸡啼而出，月升而归。有了他们整天的奔驰劳作，大地上才一直遍布着温暖的光热，孕育出万木葱茏的生机勃勃的世界。

---

① 崦嵫山：古代传说太阳落下的地方。

夸父追日

远古时期，巨人族有位巨人，名字叫夸父。夸父力气非常大，单手就能拔起大树；抬脚一步，就能跨过大河。当时人类社会还处在原始时代，人们以树皮为裙，用野果果腹，过着有一顿没一顿的日子，还要遭受风吹雨淋。到了冬天，天气酷寒，人们得不到足够的食物，夜晚更是冷得难耐。他们多么希望太阳永久停留在大地上，不再有寒冷的黑夜啊！人类的抱怨声传到了夸父的耳朵里，这位心地善良的巨人，为了可怜的人类，决定去追问太阳，提出要求。要是大地上时刻都能阳光灿烂，那该多好啊！

夸父跑到附近最高的山顶上，当早晨太阳跃出东海的时候，他大声地冲他喊：

"太阳，夜晚太冷了，人类都快冻毙了。你能不能慢点走，把白天尽量延长一会儿呢？"

太阳头也不回，驾着三足金乌急匆匆地走了。

第二天早上，夸父早早地站在山顶上，当太阳从头顶经过，他又冲他大喊道："太阳，夜里太冷了，你能不能多给人类一些温暖呢？"太阳仍然没有理睬他。

夸父生气了，决定追赶太阳，抓住他，将他固定在天空中，这样整天都会是阳光充足的。他跑下了山，抬起长腿，快步如飞，箭一般地追赶太阳。夸父的步伐太快了，眨眼间就跑了好几

夸父追日

千里。当太阳察觉到后面急追的夸父时，他拉扯着三足金乌的羽毛催促，这只三足金乌飞得更快了，可就是这样，夸父还是一点点地逼近了太阳。

当太阳跑到了禺谷，也就是虞渊的时候，夸父终于追到了太阳面前。太阳像个炙热的亮火球照耀着他的眼，而他的全身沐浴在一片璀璨的霞光之中。夸父大喜，伸出两条巨大超长的手臂，想将火球抱住。就在这千钧一发的关键时刻，太阳的那种热气烤得他特别干渴，难以忍受。夸父只得暂时放弃捕捉太阳，去找点水喝。

夸父猛吸了一口黄河、渭水里的水，咕嘟嘟地一阵响，两条大河的水很快就都进了他的肚子，但他依然口渴难耐，于是，他跑向了雁门山北边的大泽。那里水面辽阔，方圆有千里，是鸟雀们繁衍生息的好地方，素有"瀚海"之称。那里倒是一个喝水的好去处，但是太远了，夸父跑到半途就口渴而死。

巨人大山般的身体颓然地砸在地上，发出了惊天动地的震响。这时，太阳即将落下虞渊，几缕金色的夕辉洒在夸父的脸上。望着西沉的太阳，夸父遗憾地发出了一声"唉——"的长叹。手里拿着的拐杖飞上了天空，夸父闭上了眼睛。

第二天早晨，太阳照常从东方升起，灿烂的金光普照着广阔的大地。那些从寒冷中苏醒过来的人，发现在夸父倒下的地方耸立起一座巍峨大山，而在山北，新出现的那片叶繁枝茂、鲜果累累的桃林，则是夸父的手杖所化。夸父即便死了，也要将这些鲜桃，送给那些像他一样为了人类幸福追赶光明的人解渴。据说，只要吃了那片桃林的鲜桃，人们无论此前多么疲倦，都会立刻精神抖擞，奋勇前行，不达目的决不休止。

雷神的儿子代羲

　　相传在大地西北方，很远很远很远的地方，有个极乐的国度"华胥氏之国"。但谁也说不清这个国家到底有多远，究竟在哪里，又怎样才能到达，所以，一切都像是想象出来的。据说，在这个国度里不存在君王的统治，人们自由自在，生活过得特别幸福，所以那里人人都长寿。更神奇的是，在这个国度里，人们水淹不着，火烧不坏，走在空中仿佛飞翔，眼睛能够轻易看透云雾，闪电也不能让他们动容，利害、美丑也扰乱不了他们的心。这样的神仙国度，据说黄帝也是那里的常客。

　　在这个神奇国度里，有位美丽女孩，她没有具体的名字，人们只是叫她"华胥氏"。这位女孩喜欢游玩，东游西荡。有一天，她来到了一个风景优美的大泽边。这片大泽林木茂密，为雷神的居住之地，所以被称作"雷泽"。这位雷神，人面龙躯，只要用手敲敲他那巨大的肚子，立刻就雷声轰隆，像巨轮马车从天空滚滚而过。玩耍的华胥氏，在大泽边的草地上突然发现了一个巨大的脚印。她赶紧跑了过去，将自己的脚好奇地放入了那个磨盘大的脚印中。脚刚刚放进去，华胥氏就觉得自己的腹部有什么东西动了一下，但很快就平息了。她不以为意，继续玩耍，但不久她就发现自己怀孕了。一般妇人怀胎十月，可是华胥氏却挺着大肚子，怀了十二年，才生下了一个男孩。这个男孩，长着人头蛇身，像极了雷神，女孩给他取名为伏羲。

小伏羲长大以后，成为治理东方的天帝，他利用他的神性与智慧，为人类做出了许多影响深远的贡献，其中为人们永远感念的最大的贡献就是他发明了"八卦"。

传说有一年，黄河边上跳出一匹驮着神图的龙马，图上用数字标示出一个意涵深永的图形：数字一、六对称分布在下边两角，二、七对应在上边，三、八放在左边，四和九则在右边，最后一个数字五稳居中央。伏羲看见这幅神图后，以它为模型，画成了八卦。不过，也有人说，伏羲夜观天文，日察地理，观察鸟兽纹理和大地万物，才有了八卦。

八卦非常玄妙，但它究竟是什么呢？具体来说，就是伏羲用八种符号代表天地万物的演化与发展：☰（乾）为天，☷（坤）为地，☵（坎）为水，☲（离）为火，☶（艮）为山，☳（震）为雷，而☴（巽）则代表风，☱（兑）代表泽。就是这八个简洁而抽象的符号，涵盖了天地万物的生化发展，伏羲用它来管理天下，而人们则用它来记载日常生活中的诸般事情。人们后来常提到的《易经》里的卦爻（yáo）辞，就是在八卦的基础上衍化而成的。

除了八卦，伏羲还将火种从天上带给大地上的人们使用。有了火种，捕猎为生的人们就不用再吃那种血淋淋的生肉，而是将生肉煮熟。伏羲教会了人们如何使用火种，如何烹煮野味。这样煮出来的熟肉味道不但鲜美，而且易消化吸收，人们从此再也不会因为腹胀而死去了。对生活在远古时代的人们来说，这是多么重的恩情啊！

因为这一贡献，伏羲又被称为"宓羲""包牺"。

除了八卦、火种，富于智慧的伏羲似乎无所不能，还对人类做出了很多其他重要的贡献呢！据说，他看见蜘蛛结网捕食，就模仿蜘蛛网制作了渔网，教会了人们捕鱼捉蟹；还将野蚕驯化，自那以后，人们开始养蚕织布；琴瑟也为伏羲所制作，传说中伏羲的瑟长七尺二寸，有二十七根弦，他用瑟弹奏他创编的《驾辩》等曲，常常引得人们翩翩起舞，陶醉忘忧。

刑天断首

晋朝大诗人陶渊明有诗曰：

刑天舞干戚，
猛志固常在。

诗里提到的人物，便是刑天。他和夸父一样，是巨人族。刑天在巨人族中也算高大的，他身强力壮，左手巨斧，右手盾牌，勇猛异常。正由于刑天的勇猛，他竟然手执板斧和盾牌，雄赳赳地杀向天庭，和那统治天庭的天帝争夺神座。

天帝大怒，一个小小的巨人族的无名巨人，竟然也敢来冒犯天帝神威！他拒绝了其他天神的帮忙，提着口宝剑，亲自来斗刑天。两个人剑来斧往，厮杀了许多个回合，从天庭一路打到了云端，不分胜负，又落在了人间。最后两人杀到了西部的常羊山。在山顶，天帝毕竟提剑更灵敏，一剑挥去，刑天的板斧来不及招架，盾牌也来不及抵挡，只听得嚓的一声，刑天的脑袋滚落脖颈，一直掉落到了山脚下。

没有了头颅，刑天没有眼看，没有耳朵听，也不能说话，心里不免发慌，急急忙忙将盾牌交到了左手里，矮下身子，伸出蒲扇般的右手，四处摸索被砍下来的脑袋。附近的山岭沟壑都被他来回摸索了个遍，手到之处，山上的树木折断了，突出的石头崩塌了，整座常羊山烟尘弥漫，好像发生了地震一般。

好不容易才砍掉巨人头颅，天帝怕刑天再找到头颅安上，那样的话，又不知道要折腾多久。他举起宝剑，用力劈去，随着一声震天巨响，大山裂为两半。刑天摸索半天要找的头颅，骨碌碌地滚进了那个裂缝，常羊山马上又合并为一个整体。

没有了头颅，刑天就将永远处在无边的黑暗中，他显然意识到了什么，蹲在那里，停止了不停摸索的动作。一瞬间，时间静止了，没头的刑天雕塑似的蹲在那里，像一座静默的山。刑天知道自己已经失去找到头颅的机会了，对面那可恶的敌人也许正用手指着他，大声嘲笑呢！

这次挑战就这样狼狈地失败了吗？不，刑天不甘心地怒吼着。可是没有了头颅，怎么可能战胜手脚齐全、耳聪目明的天帝呢？这位无头勇士猛然一下站起身来，一手板斧，一手盾牌，继续向着前方敌人可能在的地方挥舞着，进行殊死搏斗。没有了眼睛，他就以他胸前的两个乳头来代替；没有嘴巴，他就用他肥大的圆圆的肚脐来做嘴；不是被斩断了头颅吗？刑天干脆以他的无头躯干作为头。天帝提着剑偷偷地溜走了，常羊山边，无头的刑天还在永不停息地战斗着：胸前的那两只眼睛似乎喷出了愤怒的黑色火焰，长在肚上的阔大嘴巴好像正在大声地咒骂着对手。他没有失败，没有失败，只不过是偶然被那无耻的宝剑碰上了头颅而已。他还要战斗，战斗，战斗……

帝俊

在原始神话中，帝俊统治天庭的东方。他原为人类无限崇拜的太阳神，却在后来的演化中，成为中华民族的天帝。

帝俊的相貌非常奇特：鸟首，人身，独脚。甚至有人干脆说，帝俊本来就是一只玄鸟[①]，长着燕子头。《诗经》上谈及商朝起源时说"天命玄鸟，降而生商"，也就是说天帝命令玄鸟落到人间来，玄鸟衔卵而降，有娀（sōng）氏的姑娘简狄吞下了它，因而怀孕，生下商族始祖契。而这只玄鸟，就是帝俊。所以，位于东方的商（殷）族崇奉帝俊，尊为"高祖夋"。

帝俊有两位美丽的妻子，一位是日神羲和，一位是月神常羲。羲和的领地位于东南海之外，甘水之间，称为羲和国。她为帝俊生了十个太阳儿子。这些小太阳常常由妈妈领着，在甘水中游泳嬉戏。小太阳们长大成人，就由羲和驾驶着六龙车，每次带着一个儿子巡游天空，将温暖与光明送给人间。尧当人间国君的时期，十个太阳儿子趁着羲和有事不在，一齐去天上巡游，太多的光热让大地干裂，人们无法生活下去，天神羿就射掉了九个太阳。

常羲也为帝俊生了十二个孩子，都是女儿。常羲的十二个女

---

① 玄鸟：指燕子。

51

儿皮肤白皙，非常漂亮，比起那些脾气暴躁的小太阳，她们的性格温柔极了。不过，在后来的演化中，月亮神常羲变成了奔月的嫦娥，不再是帝俊的王后，而是神射手羿的妻子。

十个太阳儿子和十二个月亮女儿，是帝俊较为知名的儿女，其实，帝俊有许多子孙后代，都曾在人间四方开创了国家。

在其后代掌管的东方大荒，有位神人奢比尸，人面兽身，长着狗的耳朵，耳朵上还缠绕着两条青蛇。他无论走到哪里，身后都紧跟着一群翩翩起舞的五彩鸟。这些五彩鸟婀娜多姿，擅长歌舞，帝俊常从天上来到东方大荒，与鸟儿们交流。他太爱这些五彩鸟啦，还在下方设了两座祠坛，交由这些五彩鸟照看。

一句话，帝俊这位天帝和他的子孙后代为中华民族的生存与繁荣做出了巨大贡献。

后稷的诞生

后稷原名叫弃，他的母亲叫姜嫄，父亲帝喾（kù）也是一位古代帝王。人们尊称他为"后稷"，主要是因为感念他作为农艺师，第一个将野生麦子、谷子、大豆、高粱，以及瓜果菜蔬，种植培育为家常作物的功劳。关于他的出生、为什么取名叫"弃"，还有一个有趣的神话故事呢！

传说有一年冬天，姜嫄还是个姑娘，没有出嫁，天上下了一场飘飘洒洒的鹅毛大雪。第二天起来，四周一片白茫茫，分不清哪里是路，哪里是田野。姜嫄去了厨房，发现烧饭的柴火没有了，需要去外面的场子里取。但是雪太厚了，反射着耀眼的光，姜嫄一筹莫展，眼睛四处搜寻着，不知道从哪里下脚。突然，她发现地上有一行脚印，足有脸盆大，显然不是人迹。姜嫄惊喜地跑过去，抬起脚，沿着这些已有的脚印往前走。但是，走回来后，她就感觉肚子胀胀的，不久，她发现自己怀孕了。怀胎十月，孩子生下来了，却是个怪胎——一个圆圆的肉球。

姜嫄十分害怕，不知道怎么办，思前想后，她决定将这个怪胎抛弃，就带上它，将它抛弃在一条小巷子里。虽然要将之抛弃，姜嫄还是不放心，就躲在旁边暗暗观察。

这条行人必经的小巷子里也不时有牛羊经过。她惊奇地发现，来往的牛羊不少，但是那些牛羊闹哄哄地走过来，走过去，却都避开了肉球。

姜嫄又带着肉球，想将它扔到荒山里，但是很不巧，正当她要扔掉肉球的时候，有一帮伐木工吵吵嚷嚷地走过来，姜嫄只好转身往家里走。

半路上的荒地边，有一个水池，水面上结着厚厚的一层冰。她心想：这是个好地方，就扔在这里吧。肉球被她顺手抛到了冰面上。

肉球刚刚落到冰面上的那一刻，天边飞来了一只大鸟，这只鸟儿不停地在空中转圈，发出一声声凄凉的叫声，好像在寻找什么。突然，它看见了冰面上的肉球，喜悦地尖叫着，落在了冰面上。它伸出一只仿佛被子一样的翅膀覆盖在肉球上，另一只翅膀伸入肉球下面，仿佛床单，然后紧紧地抱着肉球，就像母亲拥抱着孩子。

姜嫄被眼前的一幕惊呆了，她从藏身之地走出来，慢慢地靠近，想知道为什么。大鸟发现有人靠近，就一声惊叫，抛下了肉球，飞上了天空。但是它好像恋恋不舍，一直在嘎嘎地叫着。

姜嫄目送着大鸟飞走，这时她听见好像有娃娃哇哇的哭声，这声音好像是从肉球中传来的。姜嫄循声看去，哇，肉球已经裂开了，球中躺着一个胖胖的小男孩，挥舞着他那冻得红彤彤的小手，正哇哇地哭着。

看到这个小男孩，姜嫄的心一下子融化了，她对生了个怪物的恐惧一扫而空，扑上前去，哆嗦着将这个好像上天都在眷顾的孩子抱了起来，紧紧地贴在胸前。她不顾寒冷，脱下自己的衣服，将孩子裹紧，小心翼翼地抱着回了家。

因为自己曾想抛弃这个孩子，她为儿子取名为"弃"。

后稷的诞生

尧的传说

尧、舜、禹是上古时代中国最为有名的三位君主。我们这里谈到的尧，他先是做了陶唐氏部落的酋长，后来被推举为部落联盟的首领。一直以来，被传为美谈的是尧的"禅让"，晚年，他没有将帝位交给儿子或兄弟，而是选择了贤明的舜作为自己的继承人。

据说尧虽然贵为君主，生活却异常简朴，衣食住行和普通的老百姓没有任何差异。他住在茅草屋子里，支撑屋子的屋梁和柱子，都是粗糙的原木；吃粗米饭，喝野菜汤；冬天裹着兽皮，夏天就穿一身麻布制作的衣裳；家里的用具也都是粗制的泥碗土钵（bō），没有任何特殊的地方。

尧对待自己非常严苛，但他对老百姓却特别宽厚，充满了仁爱恻隐之心。要是知道自己治下有人没有吃上饭，他就自责地说："哎呀，这是我的罪过啊，是我让他挨饿了。"要是看到自己治下哪一个人冻伤了，他就痛心地说："哎呀，这是我的罪过啊，是我让他受苦了。"要是治下有谁犯罪，遭到了惩罚，他就自我反省，说："哎呀，这是我的罪过啊，就是因为我管理不好，才让他犯了罪。"

尧做了七十年的君主，在他的任期内，部落遭遇了多少灾祸啊！

有一年，天上突然出现十个太阳，腾腾的火光和热气，将地上的草木和庄稼都烤焦了，人们遭遇了百年罕见的旱灾。没有办法，尧就祈求上天，天帝派神射手羿射下了九个太阳，旱灾才得以解除。

旱灾之后，又来了特大的洪水，九州大地浊浪滔滔，尧就任命鲧去治水，鲧用了整整八年的时间，洪水仍未治好。

那时，人们一直过着艰苦的日子，但是百姓却毫无怨言，对尧的爱戴之心没有丝毫减弱。所以，对于尧这样圣贤的君王，连孔子这位后来的圣人也赞不绝口。在《论语》中，孔子赞叹道：

"大哉尧之为君也！巍巍乎！唯天为大，唯尧则之。荡荡乎，民无能名焉。"

用我们现代的白话来说，孔子赞叹道："尧这位国君，真伟大呀！最崇高最威严的是上天，唯有尧能像上天那样爱抚人民。那种对人民的宽厚坦荡的爱呀，老百姓不知怎么说才好。"

由于尧严于律己，宽厚待民，后世的人们一直歌颂尧的仁德和功绩，甚至把他神化了。

舜的故事

　　舜是上古时代中国最有名的三位君主之一。以禅让的方式，舜接替了尧，成为部落联盟的新首领。

　　舜出身于有虞氏部落，所以也被称为"虞舜"。他的父亲眼神不好，别人就叫他瞽（gǔ）叟。有天夜里，瞽叟梦中见到飞来了一只凤凰，它将口里衔着的晶莹米粒投入他的嘴中，告诉他它要投胎做他的子孙。在做了这个奇怪的梦后不久，他的夫人竟然真怀孕了，生下了一个儿子，就是舜。舜的长相非常普通，身材中等，面孔经风吹日晒，黑黝黝的像煤炭，大嘴巴，基本上没有胡子。舜唯一独特的地方是他的眼睛是重瞳，所以舜又有一个名字叫"重华"。

　　生下舜后，舜的母亲就去世了。瞽叟又娶了个妻子，生下了一儿一女，儿子名叫象。舜在家中的处境异常糟糕，瞽叟年纪太大，已经老糊涂了，只是一味地宠爱后妻及其子女。继母心胸狭窄，舜这个非亲生儿子，对她来说就是眼中钉，肉中刺，恨不得拔之而后快。弟弟年纪不大，却性格傲慢，行事粗野，时刻展露出一副自私自利的样子。比起来，那个最小的妹妹，就显得和善多了。由于受到后母的挑唆，异母兄弟的告状，舜常常遭受父亲的毒打。遭遇的这种事情太多了，舜就学会了怎么对付父亲的暴力：如果父亲颤巍巍地举起小棍子，估计不会伤筋动骨，他就含泪忍受着雨点般落下的棍子；如果父亲气得青筋暴跳，拿起粗大的棍子，他就赶紧逃走。跑到荒郊野外，想起自己的委屈，舜有时候忍不住就号啕痛哭，向上天哭诉，思念自己死去多年的亲娘。

随着舜渐渐长大，后母对他越来越不能忍受，他就搬离了家，一个人来到了历山，依着山脚开垦了一点儿荒地，又挨着荒地盖了一间茅草屋。一个人的生活不再充满争吵和哭闹，不过，耕田时，他会忍不住惘然兴叹。他看见鸟儿们领着雏鸟在林间来回飞翔，看见母鸟将虫子喂进雏鸟黄嫩的嘴里，那种母子之间的天伦之爱，对比自己幼年丧母，时刻面临后母的迫害，舜禁不住唱起了悲伤的歌……

在历山站稳脚跟后，舜的境况大大改善了。遇到灾年，舜的粮食比较丰足，就常常暗中周济父母，方圆百里都在传颂着舜的孝子名声。

除了孝敬父母，舜为人高尚、虚心谦让的品性，也赢得了周围人的尊敬。在历山耕作，舜与人有田界上的争执，舜总是退让，在他的德行感化下，附近的人们出现了互相让地的风气；后来舜来到雷泽捕鱼，也帮渔人们改掉了为抢夺渔场拼斗得头破血流的陋习，人们开始互相谦让起渔场来；舜又来到了黄河之滨，学习陶器制作，过了不久，那里出产的陶器不再粗制滥造，而是既美观，又耐用。

舜高尚的德行在四周传扬开了，附近的人们都愿意跟他共事，与他一起生活。所以，一年不到，历山山脚下，舜所在的独间茅屋，很快就扩展为一座村庄；村庄又扩展为城镇；三年后，这里已经是个小都会的模样了。

舜的事迹传到了当时的国君尧的耳朵里。尧当时年纪大了，正为继承人的问题烦恼，命人四处寻访贤能之人。各地的部落族长不约而同地都推荐舜，夸奖他孝顺父母，又很有才干，是帝位最好的继承人。尧就将舜征召到都城来，把自己的两个女儿娥皇和女英嫁给了他，又让他和自己的九个儿子一起生活。他想考察一下，看看舜是否像那些族长所说的，具有治国的才干。

现在，舜成了君主的女婿，但对待自己的亲父后母，还是和以前一样，异常孝顺。他的这些善行感化过周边许多的人，却不能感动冥顽不化的家人。自己看不上的继子竟然富贵发达，娶了两个漂亮的妻子，家有牛羊，君主又特别看重他，这一切让继母妒火中烧，为什么这一切不是自己亲生儿子象的呢？这个念头让继母夜里睡不着觉，辗转反侧，终于想出了一个害死舜的毒计。她叫来了儿子象，将计谋跟他说了，象听了之后，非常高兴。瞽叟这个糊涂的老头儿也在惦记着大儿子的财产，也点头答应了。

按照计划，象来到了舜的家里，对正在门前赶着牛打麦子的舜说："大哥，家里修谷仓，爹让你明天早点过来帮忙。"

父亲有求，忙碌着的舜毫不犹豫地答应了。

象一走，他的两位妻子娥皇和女英就劝他说：

"夫君，明天你不能去。他们也许不怀好意，刚才说话的时候，象的神情不太对。"

这么一说，舜想起以前的事，心里有了犹疑，为难地说："爹叫做事，怎么办呢？又不能不去！"

娥皇和女英两人商量了一阵，拿出了一件绘着鸟形花纹的五

虞舜

彩衣，说：

"你去也可以，不过，要穿上这件五彩衣。这是九天玄女赠送给我们的生日礼物，穿上它就可以保护你的安全。"

舜套上五彩神衣，来到了父亲的家里。继母和象看见舜身上那色彩斑斓的彩衣，暗暗发笑，想：他穿着这么鲜艳的衣服，作为寿衣，还挺合适呀！

象搬来梯子靠在谷仓边，舜带着工具爬上了谷仓顶。谷仓顶有几处破漏，舜就开始动手修补。在他忙于修补的时候，象偷偷地撤走了梯子，然后与母亲一起搬来干柴，在谷仓四周堆了一圈。干柴点燃了，熊熊的火焰吞舔着谷仓。干柴发出了噼里啪啦的爆裂声，这声音惊动了正在干活的舜，他站在谷仓顶惊慌地大喊："爹，娘，怎么回事啊？谷仓怎么烧起来了？"

老太婆得意地狂笑着："好孩子，你就慢慢地在上面待着，大火会带你去一个好地方的。放心，你家里有我们照顾，你就放心走吧。哈哈，哈哈……"

象在火堆外边上蹿下跳，急急忙忙地扇火，想让火焰旺盛，更快地燃烧起来："大哥，你赶紧走吧。不用担心嫂子们，弟弟我会照顾好她们。"

那个糊涂的瞽叟也傻笑起来，只有纯真的小妹妹，在远处呆望着这一切。

浓烟滚滚，烈焰冲天。眼看火舌就要卷过来，舜知道自己就要死于这场人为的大火中了，回想自己多年来一心孝敬父母，却被他们陷害，他莫名悲愤，忍不住张开双臂，仰天呼告："天哪！难道我就要死了吗？"呼告声还没落，当他双臂展开时，彩衣上的鸟形花纹忽然就化为了五彩凤凰，带着他冲出了烈火。那几个正等待着结果的人，忽然看见红亮的火光中冲出一只五彩凤凰，落在院子里，正是那个他们以为该葬身火海的舜。

这次阴谋没能实现，继母和象，还有那个糊涂老爹依然不知悔改，他们又私下嘀咕了一阵，琢磨出了另外一条毒计。

这一次，到舜家里来的是他的父亲。

瞽叟坐在椅子上，他将他的拐杖抱在怀里，头朝向了舜的方向，说：

"孩子啊，上次我们错了。可怜爹老眼瞎了，什么也看不见，什么也不知道，都是那娘儿俩瞒着我干的。我把他们狠狠地骂了一顿，怎么能这样对待家人呢？"

舜温顺地坐在一边，没有出声。

"孩子，爹来找你，是想求你帮帮忙。家里院中的那口井，好多年没有淘了，水都变味了。你知道，我老了，眼又瞎，你弟弟游手好闲，不是干事的料，只能求你了。明天你来帮我淘淘井吧。"

"好的，爹，明天我一定去。"

瞽叟走后，两位妻子娥皇和女英劝告舜："不能去，指不定这一次他们又要害你。"

舜为难地说："爹这么大把年纪亲自过来，不去不好吧？"

娥皇和女英两人商量了一阵，拿出了一件绘着龙形彩纹的衣裳，说："你去也可以，不过，你要将这件衣服穿在里面。这是东海龙王赠送给我们的生日礼物，遇到危险，脱去外衣，就可以保护你的安全。"

第二天上午，舜贴身穿上那件龙形彩纹衣服，背着工具来到了父亲家里。

后母和象站在门口，面露微笑，迎接舜。没有看到他穿上次那件色彩斑斓的衣服，他们放心了。上次舜侥幸逃脱，就是因为那件怪衣服。他们心里暗自高兴：这次你死定了。

象拿出准备好的粗绳子，舜将它系在腰上。然后，象将绳子系在井旁的一棵树上。舜缘绳而下，刚刚爬到一半，绳子忽然断了，舜像石头一样往下坠落。不过，有了上次的经历，舜还是有所防备，早就脱了外套，露出了那件绘有龙形彩纹的衣服。一落进水里，他就惊奇地发现自己变成了一条矫健的金龙。他沿着井底钻入黄泉，然后从另一家的水井里钻了出来。

绳子割断后，眼看舜没有了生机，可是后母和象还不放心，他们干脆就用石头填井，又用土填平踩实。这一次，他们认为无论如何，舜都再也不能存活了，后母和象高兴地跳了起来。他们两人，还有那个瞽叟，兴冲冲地来到舜的家，吵吵嚷嚷地要接管舜的财产，那位纯真的小妹妹，也懵懂地跟着他们来看热闹。

他们来到舜的家的时候，舜还没有回家。舜的两位妻子，不知道那龙形彩纹衣服是否灵验，心中没底，只是用袖子掩着脸哀伤地哭起来。

后母、象和瞽叟像到了自己家一样，大模大样地在椅子上坐下。象说："这次我的功劳最大。那么绝妙的主意，也只有我象才能想出来，我要得到大半的财富。对了，还有这把琴……嘻嘻，嘻嘻……"

象毫不客气地从墙上取下舜的琴，弹了起来，叮叮咚咚的声音回荡在客厅里。象一边弹琴，一边瞥着娥皇和女英，希望自己的翩翩风度能引起她们的注意。可是很让他失望，她们只顾哭着，根本就没拿眼睛瞅他。

后母说："都依你，依你。那其他的，像牛羊、田地、房屋就归我和你爹了。"

"好啊，嘿嘿……"瞽叟傻兮兮地笑说着。

分配完毕后，三个人不禁发出了得偿所愿的狂笑。

那个懵懂的姑娘，本来是跟着看热闹，可是这一次，她终于搞清楚究竟发生了什么。听到嫂子们压抑的哭泣声，看着爹娘和哥哥的丑恶面容，她再也忍受不了，这位平时比较害羞胆怯的少女勇敢地站了出来，她冲进屋子喊道：

"你们，你们，"小姑娘手指着自己的亲人，"太过分了！竟然将你们的亲人——我的哥哥害死，瓜分他的财产。象，我的亲哥哥，你欺兄霸嫂，太没有人性了。要知道，善有善报，恶有恶报，不是不报，时候没到！你们要当心，头上有青天！"

少女的话音刚落，就有人大声说："什么青天白天的？就是走黄泉路，我也可以回家！"随着说话声，进来一个身穿龙形彩纹衣服的汉子，正是舜。

所有人都呆住了。在一阵惊呼声中，舜终于让他们相信他不是鬼而是真人，弹琴的象这才讪讪地说："大哥，你没事，那就太好了，我们都在想念你呢！我就取下你的琴弹了弹。"

好像什么事都没有发生，舜平静地说："谢谢你想念我，你总算有点弟弟的样子了。"

就这样，遭遇到了两次谋害，但是心性善良的舜，还是原谅了自己的亲人，对待父母还像以前一样孝顺，对待弟弟妹妹也像以前一样和善。

两次计划都失败了。瞽叟和后妻，还有他们的儿子象，不但不悔改自己的恶行，反而惋惜：自己想要的财物，唾手可得，却在最后时刻从手边溜走。他们不甘心，又私下嘀咕，想到了一个法子。

这回来家里的是后母，她皮笑肉不笑地对舜说：

"孩子啊，我和你爹，还有你那个不成才的弟弟，都被油蒙了心，犯糊涂了，怎么就做出那些不利亲人的事了呢？我们觉得对不起你。我就跟你爹，还有你弟弟商量，明天置办一些菜，请你喝杯酒，原谅我们的糊涂。"

"娘，你们放心，我从来没有怪罪过你们。不用麻烦置办酒菜，我早就忘记了这回事。"

"不，孩子，你不去就是没有原谅我们，你明天必须来。"说着说着，这个老太婆就流下了"悔恨"的泪水。

"娘，你放心，我明天一定去。"舜恭敬地说。

后娘刚走，娥皇和女英就劝舜说："不能去呀！他们肯定不安好心，要害你，趁你喝醉，杀死你。"

"怎么办呢？娘亲自来请，我又答应了，不去不好。"舜非常为难。

娥皇和女英两个人商量了一会儿，她们从箱子里拿出一包药，递给丈夫说："你去也可以。不过，你先去水池里洗个澡，喝酒前吃下这包药，就会没事的。"

舜按照两位妻子的吩咐洗澡后，来到了父亲家里。院子正中摆着一张桌子，桌上摆满了菜，旁边还有一个酒葫芦。舜坐了下来。酒桌上，父亲和后母，还有弟弟，表现得特别殷勤，不停地向他赔礼道歉，不停地给他倒酒，显然是希望早点将他灌醉。舜偷偷服下那包药，然后大口喝酒。不知道为什么，这酒就跟白水一样，舜喝了无数碗，从上午一直喝到太阳落山，还是非常清醒，不见丝毫醉态。瞽叟知道，他们这次的阴谋又失败了。舜安全地回到家中。

　　这个时候，舜已经被考察多时。尧认为各位族长说得没错，舜不仅是个道德高尚的贤人，治理国家和地方也很有才干，就将帝位传给了舜。

　　成了君主以后，舜的责任更重大了。他跟以前一样，关心民间疾苦，以自己的德行感化人们，为人们排忧解难，几乎都不能得到充足的休息。几年下来，整个国家治理得井然有序，人民生活水平也得到了相当大的提高。

　　据说，舜曾亲手制作了一把五弦琴，为了抒发自己的抱负，还谱写了一首《南风》歌。闲时，对着夕阳，舜边弹边唱：

南方吹来的暖风啊，
可以消除我人民的愁怨！
南方吹来的和风啊，
可以增加我人民的财富！

　　这首歌，清晰地表达了他的政治理想。在他看来，治理百姓要有仁心，行善政，如同那和煦的南风。这样才能国泰民富，让人们过上快乐的日子。舜的事迹都传到了西王母的耳朵里，连她也来向舜献上了昆仑白玉制成的环佩。

做了君主后，舜对待父母依然像以前一样，非常孝顺。就连那个几次谋害自己，企图霸占妻子的异母弟弟象，舜也对他友爱如旧，分封他为诸侯，在有庳（bì）[1]这个地方做官。凶顽的象终于被大哥的胸怀与德行感动。

舜在出巡的半路上生了病，紧急赶往都城，但还是病死在苍梧之野[2]，人们将他葬在九嶷山的南面。百姓们听到了这个噩耗后，号啕大哭，悲痛得就像死了爹娘。他的两个妻子娥皇和女英，知道了丈夫的死讯，当即昏倒过去。两人醒过来后，要赶去奔丧，连衣服都顾不得换，坐上船只，沿着湘水南下。不幸的事情发生了，她们的船被风浪打翻，姊妹俩也淹死了。

舜有九个儿子，据说都难当大任，所以临死前，舜将帝位禅让给了治水有功的禹。

---

① 有庳：古地名，在湖南道县附近。
② 苍梧之野：今湖南宁远。

鲧和禹治理洪水

人们都知道大禹治水的故事，可是又有谁知道，他的父亲鲧，是因为治水而死的呢？

那个时候，还是贤能的尧做君主。虽然尧一向勤政爱民，亲力亲为，带着人们耕田垦荒，但是人们生活还是异常艰苦。而且老天不作美，人们总是遭遇旱涝灾害，这不，旱灾刚刚过去，转眼间就发生了巨大的洪水。

这次洪水非常可怕，整个世界都变成了汪洋泽国。肆虐的洪水一路奔涌过来，冲倒了房屋，淹没了庄稼。百姓们奔逃着，扶老携幼，四处寻找安全的地方。

尧见大水为患，心里焦虑，可是却束手无策，不知道怎么才能帮助他的那些受苦的民众。

为什么会发生这次特大的洪水呢？据说是因为地上的人类做错了事，惹得天帝勃然大怒，为此降下大洪水来惩罚这些可恶的人类。

他派了水神共工前来施行惩罚。这共工是火神祝融的儿子，人脸蛇身，长着一头火焰般的红发。这次能够大显身手，让一向闲不住的共工尤为高兴，所以洪水一发，竟然整整持续了二十多年。

无论下界的人类犯了什么大错，那些在洪水中挣扎的人民的苦楚，天上的众神还是看在眼里，他们看到那些饥民浸泡在浊水里，没有什么吃的，只好吃掉随水漂来的野兽的尸体，或者吃那泡得腐烂的树皮。长期浸泡在水里，他们的皮肤都泡涨了，异常疼痛。即便如此，他们还要随时提防毒蛇，许多人倒毙在水里，被洪水卷走了。

这些天神看到洪水中人间的惨象，非常难受，可是看到天帝那无表情的面容，听到共工那得意的咆哮时，他们扭过头去，装作没有看见。真正为地上的人类感到痛苦，打算拯救他们的，只有大神鲧（gǔn）。

这鲧，原为一匹白色的天马，身世非常显赫，是天帝的孙儿。他对祖父这种暴虐与残酷的报复手段很不满，心里非常不安。他多次恳求祖父，放过这些人类吧，让共工回到天庭，不再释放洪水。可是无一例外，每次都遭到祖父一顿痛斥。

恳求铁石心肠的祖父放过人类，已经不用指望了。大神鲧想，难道自己就不能想个办法平息这滔天的洪水吗？虽然有一身神力，可是面对着遍布世间的洪水，他也想不出什么好办法。为此，他常常闷闷不乐，忧上心头。

这天，鲧沿着河边信步向前，遇见一只猫头鹰和一只乌龟。

乌龟慢腾腾地问道："你怎么看上去一副很忧虑的样子啊？"

鲧就把忧愁的缘故告诉了它们。

"原来是这样啊，你要平息洪水，其实很容易。"猫头鹰哑着嗓子说。

"你们有什么好办法？快告诉我。"鲧急急地问。

"哈哈，你贵为天孙，竟然不知道天界的宝物'息壤'？"猫头鹰和乌龟齐声地嘲笑起来。

"我好像在哪儿听过，也没在意，知道是种神奇的土，可也不知道那能用来干什么。"

"息壤，意思就是生长不息的土壤。那玩意儿灰扑扑的，不起眼，拳头大的一块，可是只要你弄下来一小块，投向地面，哇，它马上就成长起来，变成山，堆成堤！有了这宝物，小小洪水算什么呀？"

"但是它藏在哪里呢？"

"你问我们？我们还想问你呢！它可是你祖父的至宝，谁知道天帝放在哪里了！——你问这个干什么？难道你想要偷取它？"

"你们说对了，"鲧说，"我正要这么干。"

"你就不怕受惩罚？你祖父可不会心慈手软的！"

"不管他。"鲧无所谓地说。

至宝息壤，天帝自然将它藏在一个隐秘的地方，而且，他还派了天神中的勇士看守着。但是功夫不负有心人，一心想要救人的鲧，还是将息壤偷到手了。

一得到那块看起来不大，但却沉甸甸的息壤，鲧立即来到地面上，丢下了息壤。猫头鹰和乌龟说的果然不错，只丢下一点儿，马上积山成堤。大地上的洪水正在慢慢地消退着，地面上露出了一片新绿。人们从山洞和巢穴里钻出来，站在土地上，苦楚的脸上慢慢地展露出久违的笑容来。洪水退却了，他们的心里又升起了重建美好家园的念头。真是感谢大神鲧啊！

但是，不幸很快就降临了。

息壤被窃的事，天帝很快就发现了。他勃然大怒，想不到天庭竟然出现了叛徒，更让他暴怒的是，这叛徒，竟然还是自己的孙子。狂怒的天帝立下决断，他命令火神祝融下了天界，在羽山这个地方杀死了鲧，夺回了还没有消融的息壤。洪水再一次泛滥。

大神鲧死亡之地羽山，在北极之阴，连阳光都无法穿透那浓稠的黑暗。山南为雁门，有条神龙"烛龙"，人脸龙身，有一千多里地那么长。从盘古开天辟地起，这条烛龙就守在这里，嘴衔一支蜡烛，用来照亮北极的阴暗处。这里就是传说中可怕的幽都，大神鲧，就死在这样凄惨而荒凉的地方。

平息洪水的志愿落空了，这让鲧非常不甘心，三年时间过去了，他的尸身不但一点儿都没腐烂，他的肚子里竟然还逐渐地孕育出一个全新的生命。大神鲧为这个即将出现的生命起名为禹。这个生命，在大神鲧的身体里发育成长着，竟然神奇地获得了强大的神力，还没出生，本领就已经超越了父亲。

天帝听说鲧的尸体居然三年都不腐烂，心里暗暗吃惊，担心有什么古怪。于是，就派了一个天神，带上他珍藏的"吴刀"，前去一探究竟。

按照天帝的旨意，这个天神用吴刀剖开了鲧的尸体，奇怪的事情发生了：鲧剖开的肚子里，跳出一条虬（qiú）龙，头生一对尖角。这虬龙腾跃而起，很快就升上了天空。这就是鲧的儿子禹。更奇怪的是，虬龙飞走后，鲧也化作一条黄龙，一下子就潜进羽山旁边的羽渊。

鲧所化的黄龙，已经失去了全部的神力。要知道，他的全

鯀

部神力，早就暗自转移给自己肚子里的儿子了。鲧之所以没有彻底死去，还是因为有那份要治理洪水的信念支撑着，他要看着儿子禹能继续自己的事业，让人民免遭水灾之祸，才坚持化身为黄龙。

大禹从鲧肚子里出来的事情，传到了天帝的耳朵中。天帝也开始反省自己的行为，看来用洪水处罚人类，未免有些过分了。看上去，那个在空中盘旋伸展的虬龙禹，也不可招惹。所以，当禹来到天庭，向天帝跪求那块息壤，去拯救地上那些辗转于洪水中的人类的时候，出乎禹的意料，天帝马上答应了他的请求。禹不但得到了那块天庭至宝息壤，还被天帝任命为治水官员，专门负责治理洪水，应龙也被天帝指派去协助禹治水。可以说，这次拜访天庭，禹收获特别大。有了天帝的任命，禹带着应龙，来到人间，准备各种治理洪水的工作。

但是，天帝的这番任命，却让一个天神异常恼怒。谁呢？就是水神共工。天帝命他释放洪水，可以说遂了他的心愿，一展他水神的绝世本领。先有一个不识趣的鲧来捣乱，现在居然又来了一个不识趣的禹，这怎么行？他决定要给禹捣乱，偏不让治水的人顺心。

于是他更加奋力地鼓动起了风雨，一时之间，天昏地暗，大水从西方奔涌而来，一直推进到了空桑①，那里已经算是古中国的东部边疆了。可以说，整个世间都变成了一片泽国。

禹看见共工如此蛮横霸道，根本就不将自己放在眼里，甚至

---

① 古兖州地区。

也不理会天帝的旨意，就知道想要以理服人，估计行不通。要想平息洪水，只能用武力了，因此，禹打算和共工决一死战。

不过，禹非常聪慧，要打败共工，他并不准备只带着应龙前往，而是模仿黄帝，在会稽山①会盟，集合天神，讨伐共工。许多天神从各处急忙赶来。禹整合好了天神部队，率领他们，攻打共工。水神虽然身体高大，神力无穷，可是却也不是这么多天神的对手，很快就败退逃跑了。

共工不再捣乱，禹才有时间和精力专门来治理洪水。

他招来西山脚下的黑色巨龟，驮着那团珍贵的息壤，让它们紧紧跟随着他，一路前行。来到了深不可测的洪泉，他投下一小块息壤，就将极深的洪泉填平了，同时，地面上有了息壤，很快就堆积出了丘陵与高山。

可是，治理洪水，一味地堵是不行的，这样水会越积越高，也会造成极大的危险。所以，禹率领人民开渠修河，进行疏导。仅仅依靠人力是不够的，好在天帝派来了应龙。禹就让应龙走在前面，不时地摆动它长长的尾巴。龙尾逶迤扫过的地方，就是人们开掘河川的起点。一路走来，最终禹将洪水疏导到了东海。而应龙尾巴扫过的地方，就是我们今天的江河湖泊。

禹整天为治洪奔忙，没有时间为婚姻大事操心，直到三十岁的时候还是单身。这天，走到涂山（今浙江绍兴西北）时，他闲顿下来，不免有些寂寞，看着水中自己胡子拉碴的样子，心想，是不是该结婚了呢？正在犹豫不决的时候，跑来了一只白色的九

---

① 会稽山：古地名，在今浙江绍兴。

应龙

尾狐狸。禹想起了当地的一首民间歌曲，觉得这是一个征兆，预示着他该结婚了。

这首民歌有四句，是这样唱的：

谁遇见了白色的九尾狐狸，
他就要做国君；
谁娶了涂山氏的女儿，
他的家道就兴旺。

于是，禹就遵照歌中的启示，迎娶了一位名叫"女娇"的涂山氏姑娘做妻子。两个人就在台桑这个地方举办了简单的婚礼。婚后的第三天，禹又要赶往治水工地了。为了人类的幸福，禹注定是要奔波忙碌的，而他的新婚妻子非常理解他，就一直跟着他在各个工地之间往来，没有丝毫的怨言。

这一次，轘辕（huán yuán）山①堵在了路前，水位急剧升高。禹急切间想不出办法，就变身为一头力大无穷的熊，前来凿山开路。禹变身为熊的时候，赶来送饭的妻子涂山氏恰好看见了。她吓呆了，以为自己的丈夫是一头熊变化而来的，惊慌失措之下，回身就往家的方向逃去。

大禹发现了逃跑的妻子，也顾不得开山凿路了，急急地紧跟在妻子后面，想向她解释其中的误会。可是，他忘记了，自己这个时候的形象是一头巨熊。涂山氏看见那头熊紧追不放，恐惧极

---

① 轘辕山：在今河南。

77

了，加快了脚步。一路上，一熊一人一直追到了嵩山脚下，眼看就要被追上了，涂山氏竟变成了一块石头。

大禹面对妻子化身的顽石，不知道怎么办才好，想起自己还没有后代，忍不住冲着石头吼道："还我的儿子来！"石头应声开裂，生出了一个儿子，后来取名为"启"，因为他是石头裂开而生下来的。

经历了重重的困难与险阻，禹终于平息了洪水，完成了父亲鲧临终的嘱托。不过，洪水虽然平息，可是人间却还不太平，存在着其他的隐患。

有一个怪物，是共工的臣属"相柳"，长着蛇身，有九颗头颅。他不仅长相怪异，还特别残暴，长着的九颗脑袋，吃起东西来，特别恐怖，可以同时吃掉九座山上的动物和植物。最让人类难以忍受的是，这怪物，他所碰触过的地方，立刻就会变成水泽，而且这水泽里的水，有股苦辣的怪味道，所以，他沾染盘踞的地方，别说是人，就连飞禽走兽都没法生活。禹从百姓那里知道了相柳的踪迹后，便去为民除害。

当这九头巨怪的身体轰然倒下的时候，身上冒出了几股血泉，喷溅开来，腥臭难闻。血液流经的地方，五谷不生，那里的水也带着苦辣的怪味道，根本没办法住人。禹让人用泥土来填塞这些地方，但是填了三次都不见任何效果，因为这些泥土过一段时间就会陷落。见到这种情况，禹不再让人填土，而是因势利导，将它开辟为一个水池，在水池四方，禹就用池泥高高地筑起四座镇妖台，用以压服妖魔。

铲除了相柳，洪水已经平息了，禹又派出两个天神太章和竖亥来丈量大地的面积。天神太章从东极走到西极，数数步伐，二亿二万三千五百零七十五步；天神竖亥从北极走到南极，最后量出来的步数竟然和天神太章的一模一样。

为祸多年的洪水退去了，人们开垦荒地，灌溉庄稼，不久就过上了安居乐业的快乐日子。追根溯源，大禹功劳至伟。人们感戴他的不朽功德，万国诸侯也都对他交口称赞。这个时候，接替了尧帝的舜年事渐高，就将帝位禅让给了劳苦功高的禹。

禹在人间做了国君，勤政爱民，为人类做出了很多贡献。有一年巡视南方，来到会稽这个地方的时候，大禹生病而死，就被埋葬在会稽山上。也有人说，天神大禹不可能死去，只不过不想再在人间逗留了，就留下了躯壳。大禹自己的虬龙真身，却已经飞上了天庭，过着自己的天神生活。

杜宇化鹃

古时候的蜀国，就是今天的四川。那时蜀国的土地异常肥沃，但是人口却非常稀少。

国君杜宇，号称望帝，国都安置在郫（pí）地。为了把蜀国治理好，他非常辛苦，每天都要去田野里，教导百姓按时播种，辛勤耕耘。杜宇常常是早上鸡叫就起身，晚上月上中天才能睡下。

蜀地江河较多，雨量充沛，常常遭受水患。一次水灾，就给百姓带来难以想象的痛苦与折磨，对于这个问题，望帝费尽了心力，却一直想不出一个好的解决办法来。

这年又遇水灾，整个蜀地，大片大片肥沃的良田被淹没在浑浊的洪水中。这一天，望帝一如往常地在江边巡视，正为这次灾患愁眉不展时，突然看见江面的涡流里有东西不时出没，漂浮不定。望帝细看之下，不由得大为惊奇——那竟是一具躯体，但奇怪的是，天下万物无不顺流而下，但这躯体却逆流而上。望帝赶紧让人打捞，那躯体一上岸，就活了过来。

这个江中漂流的男人，是楚国人，名叫鳖灵。他说自己在观看风景时，一不小心落水，却不知道为什么从下游的楚国漂流到这里。鳖灵跟望帝聊起了楚国的民情风物，他的言谈举止，无不显露出不凡的气质和见识。被治水问题烦恼很久的杜宇，想起

80

发生在这个男人身上奇怪的事情，忍不住心想：难道这个人是上天派来帮助我的吗？于是，望帝告诉鳖灵蜀国水灾无法治理的苦恼，鳖灵哈哈一笑，爽快地答应望帝帮他治理洪水。

鳖灵很快就表现出处理政事的才华，望帝不久就提升他为蜀相。鳖灵为相不久，好像是考验他的治水才干似的，蜀国遭遇了百年罕见的大水灾。这次的洪水带来了可怕的后果：不仅大片良田被淹，许多村庄也被淹没在水下，百姓们无家可归，四处流浪。

鳖灵来到了水灾最严重的地区。他沿着长江，仔细察看了蜀国的地势后，终于搞清楚了，之所以发生水灾，主要是长江巫山段两岸峡谷对峙，太过狭窄，遇到暴雨连天的雨季，江水来不及流通排泄所致。发现了导致水灾的原因，鳖灵就召集百姓来到巫山峡谷地区进行开凿，几个月的艰苦奋战后，巫山峡谷的河道变得宽敞多了。河道一疏通，洪水就平息了。

为了表彰鳖灵的功绩，望帝按照古时流传下来的禅让传统，自愿将王位交给了才干非凡的鳖灵。鳖灵做了蜀国的国君，号称"开明帝"。王位禅让后，望帝自己却跑到了西山，一个人隐居起来。

鳖灵当上了国君，就让人尊称自己为"丛帝"。蜀国多雨，鳖灵就带领那批工匠大修水利，发展土地的灌溉系统。这一切都促进了蜀国的进一步兴旺，蜀民们过上了快乐的生活。隐居西山的望帝放下了心，安心地在西山过着平淡的日子。

但是，好景不长，丛帝认为蜀国如此兴旺发达，都是自己的功劳，不免有些自傲，逐渐变得独断专行起来。他不愿听从大臣们的意见，变得闭目塞听，也不再体恤老百姓们的生存苦楚。这种情况持续了一段时间后，老百姓们很是发愁，都非常想念退隐的望帝。

有人来到西山，拜访望帝，将丛帝的变化告诉了他。望帝非常自责，觉得是自己的失察给人们带来了苦楚。他一连几天睡不好觉，一直在想一个合适的办法来劝告丛帝。最后，他想，与其在西山这里踌躇，还不如直接去王宫里走一趟，当面说话，相机行事，可能更有效。下定了决心，第二天天一亮，他就动身了。

望帝出山的消息不知怎的就传开了，老百姓们丢下锄头，放下渔网，纷纷赶过来，要跟旧主倾吐苦水。人越聚越多，已有了一大群，紧紧跟着步履蹒跚的望帝，打算进宫请愿。他们想，一旦丛帝看见了这么多人，就会幡然醒悟的。到了城门跟前的时候，望帝的后面已经跟上了长长的望不到头的队伍。

老百姓们不知道自己的这种行为会弄巧成拙。丛帝很早就知道望帝来拜见的消息，他登上了城楼，一看竟然是这么长的队伍，心里疑惑，怀疑望帝来拜见他是假，带着百姓推翻他收回王位是真。于是，慌张的丛帝就下了严令，紧闭城门，不让望帝和百姓进城。如果谁违反，严刑伺候。

望帝大声拍打着闭合的城门，可是却没有任何动静。老迈的望帝眼看进城无望，伤心地哭了一阵，却也只能返回西山。回到西山的望帝并没有就此罢休，反而心里一直惦记着这件事。有一天，他突然想，这丛帝不是封闭城门吗？要是自己变成一只鸟儿，就可以找到丛帝，将治国的大道理告诉他，尽到自己作为旧主应尽的责任。于是，望帝变成了一只杜鹃鸟。这只杜鹃鸟从西山出发，拍打着翅膀，飞进了城里。在高高的宫墙里，御花园的楠木

望帝春心托杜鵑

树上，每天清晨，杜鹃鸟就停在枝头，对着丛帝出现的地方，高声喊道："民贵呀！民贵呀！"

丛帝，也就是鳖灵，听到了杜鹃鸟不断的提醒，忍不住就自我反省起来。他本来就是聪明人，只不过一时被虚荣心迷住了心窍，现在他明白了望帝的好心，意识到是自己多疑了。他的心里对望帝充满了愧疚，就励精图治，恢复了过去的良好作风，变成了一位众口赞誉的好国君。

悲哀的是，一旦化形为杜鹃，就没有办法再变回去。不过，望帝很快就调整了心态，他想，自己不是可以时刻警示蜀国的君主勤政爱民吗？于是，蜀国御花园的楠木枝头上，千百年来，总有一只杜鹃高声叫道："民贵呀！民贵呀！"

世世代代的四川人中间，流传着"不打杜鹃"的规矩，那是因为他们被望帝的精神所感动，以示敬意。

姜太公钓鱼

有句话叫"姜太公钓鱼——愿者上钩",什么意思呢?这里有段动人的故事。

《史记》记载,姜太公晚年隐居渭水之阳,常去河边垂钓。七十三岁时,渴望贤才的周文王拜他为太师,他帮助文王父子打败残暴的商纣王,夺取了天下。

姜太公是尊称,他的真名是姜尚,表字子牙。早年时期的姜尚非常贫穷,只能靠杀猪宰牛卖肉为生。闲暇之时,常常找书来读,日积月累下来,姜尚可以说是满腹经纶,才干突出。后来被当地乡贤推荐做官,在商朝为臣。商纣王非常残暴,对待逆耳的忠言,不但不听,反而将进言的叔父比干残忍处死。后来迷恋妲己,沉湎酒色。姜尚实在不满纣王的言行,就辞去官职,退隐于渭水之滨,钓鱼自娱。这个时候的姜尚已经七十三岁了。

商朝西边的属国西岐的君主西伯侯,励精图治,在他的带领下,国力日盛,渐渐地威胁到了商朝的统治地位。但对西伯侯来说,对抗中央王朝和商纣,还需要具备丞相大才的人来扶助自己,所以,多年来,西伯侯一直四处访才求贤。这一天,西伯侯进山打猎,路遇樵夫毋忌,忍不住向樵夫打听周边有什么异人。毋忌告诉西伯侯,姜太公很有见识,雄才大略。西伯侯一听大喜，也不打猎了，径直带着车马就来到了渭河之滨。看到一个须眉皆白的老头儿正挺直着腰，坐在江边一块石头上，手持钓竿在钓鱼，他就冲自己的侍卫摆了摆手，侍卫们就将马车停在远处。西伯侯自己慢慢地走过去，站在他背后，也不急于招呼，只是看着老头儿钓鱼。忽然他发现一件奇怪的事情，就是这钓线离水三尺，钓钩上竟然没有鱼饵。西伯侯顾不上礼貌了，好奇地问："老人家，您这样钓鱼，能钓到鱼吗？"

姜太公头也不回地说："愿者上钩。"

西伯侯确定了，这人一定是樵夫口中雄才大略的姜太公了。他上前施礼，向老人求问治理王国的策略。姜太公虽然隐居乡下，可对当前的形势了如指掌，回答起来，条理井然，无不切中要害。西伯侯于是请姜太公出山辅助自己，姜太公答应了。

西伯侯高兴极了，连忙将自己的马车让出来请老人上座。为了表示尊敬，西伯侯亲自拉车，经过一处高坡的时候，拉车的绳子断了。坐在车上的姜太公问西伯侯："你拉着绳子，一共走了多少步啊？"

西伯侯气喘吁吁地回道："有点累，没分心数。"

姜太公说："我数过了，一共八百零八步。我就保你周朝江山八百年吧！"西伯侯一听，不顾疲累，将断绳接起来，勒着肩膀，准备再拉。

姜太公说："西伯侯，这样不管用的，不灵了。"

回到岐山，西伯侯拜姜太公为太师。

有了姜太公的辅助，西伯侯如虎添翼，发展生产，训练兵马，先后攻伐犬戎、密须、黎、邘和崇国，将西岐的地盘扩大了好几倍。西伯侯死后，姜太公辅佐他的儿子武王，武王遵姜太公为尚父。最终，周武王联合八百诸侯打败商纣，建立周朝。据说，姜太公一直活到了一百六十岁才去世。

王子乔骑鹤升仙

东周灵王的太子，名字叫晋，不过，我们大家更熟悉的名字则是王乔、王子乔。下面要讲的就是他骑鹤升仙的故事。

王子乔为人正直，胸有大志，非常厌恶宫廷的奢华生活。他一有机会，比如吃饭的时候，就借机进谏，告诉父亲：一顿饭吃这么多菜，难道不是浪费吗？他常常规劝父亲轻徭薄赋，与民休息。但是，周灵王不以为意，斥责为小孩子家的话，在行为上反而变本加厉，奴役普通百姓。王子乔感到非常痛心，却无能为力，于是就常常出宫游玩，打猎散心。

这一天正是秋高气爽的好天气，王子乔又一次出宫游猎。不同于以往，这一次是独身一人。一出逼仄的洛阳城，进入广阔迷人的山野，王子乔觉得自己憋闷的心突然开朗起来，他纵马疾驰，陶醉于深秋的山野景色，一边纵马，一边诵诗。突然，王子乔发现前方草丛里有只金鹿，正在埋头吃草。他急忙抽出箭，拉开弓，一声劲响，箭快如闪电，射中了惊逃的鹿的腿。金鹿惊恐地看了一眼王子乔，转身就逃。王子乔一路急追，到了猴山，金鹿钻进野菊丛中就不见了。

王子乔四处寻找，绕着菊花丛转悠了好几圈，又将附近的山头来回地找了一遍，金鹿就像从未出现过一样，就这么消失了。王子乔有点失望，倒是眼前那金灿灿的菊花，让人不由得心胸开阔。突然，菊花丛无风自动，从中走出来一位穿着金黄裙子的女子。她气质高洁，风华绝代，这么漂亮的女子，王子乔在宫里可是没有见过。王子乔整了整衣装，正要上前问话，那女子冲他一笑，居然先开口了：

"太子怎么不在宫中，来到了深山里呢？"

王子乔放下了手中的弓箭，说：

"我散心出城游玩，射中了一只鹿。我一路追到这里，不知怎的就不见了。"

女子抖了抖袖子，从袖口里滚出一件东西到手心。她对着阳光举起来，说："你看，是不是它？"

王子乔一看，在姑娘手里的是一个闪闪发光的琉璃小瓶，瓶里有只小鹿，和他看见的那只金鹿一模一样，就是尺寸小了很多。更让他惊奇的是，那只袖珍小鹿的腿上插着一支箭，顺着箭杆，有血正缓缓地流着。

王子乔知道这个姑娘不是凡人，连忙跳下马来，俯身下拜："仙子，不知道您是谁？刚才多有冒犯。"

女子嫣然一笑，仿佛绽放的金菊："太子不用多礼。我是菊花仙子，今天到这里赏花。"

王子乔再次致歉："对不起，我不知道那金鹿是您的，请恕罪。"

菊花仙子娇嫩的脸突然变红了，含羞说："如果射不中小鹿，你就不会到这深山里来吧？"

菊花仙子将瓶口朝下，倒出了那只小鹿，她小心地拔出了那支箭，真奇怪，刚才还在滴血的伤口一下子就痊愈了。捧着这支箭，菊花仙子来到了王子跟前，问王子乔：

"太子的箭法真好。这支箭怎么办？您是取回去，还是就放在我这里？"

王子乔当即明白了女子的用心，说："仙子，这支箭就留在您那里，作为赔礼吧。"

女子将那只箭贴身收藏，跨上了金鹿，她回过头来，脸上一片娇羞："太子，看你心思郁结，待在人间不快乐的话，你可以到瑶池找我。"

眼看着那只可爱的金鹿载着美丽的仙子冉冉飞升而去，王子乔满心惆怅。他待在王宫里本来就闷闷不乐，游猎中偶遇这位美丽的仙子，却转眼间就要分离，他怎么也不想再回宫过那种奢华无聊的生活了。菊花仙子告诉自己，说去瑶池找她，可瑶池在哪里呢？他一个人孤零零地坐在马上，不住地叹息，后悔自己怎么就不直接告诉仙子，自己想跟她一起走。这个时候，耳边又传来了仙子的声音：

"你如果真心诚意想来找我，只要与白马同饮池水，就能够变成仙人飞升了！"

听了这话，王子乔就牵着马四处寻找，终于在西山顶上发现了一池清水。

他放下缰绳，马跑到了池边，垂头饮水，王子乔也来到了池边，蹲下来，用手掬水。池水清甜可口，喝完后，王子乔顿时觉得神清气爽，身子变得特别轻盈。这时，只见那匹白马化成一只仙鹤，围绕着王子乔飞翔。王子乔扔下了褡裢中较重的银子，翻身跨上了白鹤，白鹤徐徐飞起。不过，在转身的时候，王子乔的宝剑剑柄上缠着的绳子却被山上的酸枣树上的刺条挂住了，王子乔还来不及反应，那仙鹤已经飞起，绳子嘣的一声扯断，挂在了枝条上。仙鹤眨眼间飞上了云霄，驮着太子往瑶池而去。

当寻找太子的官兵们来到山顶池子边的时候，只看见白云飘飘，隐隐听见笙管鼓乐之声，好像云端还有壮观的仪仗队，哪里能看见王子乔的影儿？只有太子的剑柄上的绳子迎风飘荡。没有办法，官兵们只得回去向周灵王禀报。事已至此，周灵王虽然很愤怒，但也没有办法，就让人在山顶上修建了一座升仙观，追念自己的儿子王子乔。

王子乔

仙山的传说

　　天地残破的时候，大神女娲用五色石将天上的漏洞和地上的深坑修补好了。这样，天地才能维持现在这个安稳的样子。不过，天地虽然稳定，可是毕竟不再是原貌了，天空向西北部倾斜，太阳、月亮、星星都要控制不住地向西运行，最后落到倾斜的西天；东南地陷，大川小河里的水，也都不自觉地向东南奔流，汇聚到了那深坑里，形成了我们今天见到的海洋。

　　观察到这些天象地貌，有人忍不住忧虑起来：江河湖泊的水，没日没夜地不断奔流入海，成千上万年下来，要是海水灌满了，溢出来，不是又要发洪水了吗？那样一来，人类不是就要遭殃吗？

　　实际上，这种事情根本就不会发生。传说在渤海中，也许是它的东边，存在着一条深沟巨壑。这条沟壑到底有多深呢，从来都没有人知道过，只是知道它深不见底。江河湖泊的水流到海里，就统统地往这个深壑里涌流，所以，有人就叫这条深沟为"归墟"。神奇的是，不知多少年过去了，多少水流进来，归墟里面的水却一直保持着同样的水位，从来不增加，也从来不减少——所以，有了归墟的存在，我们人类其实根本不用担心海水倒灌的危险。

　　传说归墟里有五座神山：岱舆、员峤、方壶、瀛洲和蓬莱。

巨人钓龟

这五座神山，每座都高达三万里，跨度大约也有三万里，而每两座山之间呢，距离较为遥远，有七万里。每座山上都盖有黄金宫殿，围以白玉栏杆。神仙们在宫里出入，这里也是他们安身的乐园。据说，山上的珍禽异兽都是银白色的，它们在那些长着珍珠和美玉果子的树之间穿梭往来。这种果子吃起来味道很好，凡人吃后都可以长生不老。偶尔海上晴朗的日子，那些误闯入渤海东边的渔人们，可以远远地看见那些穿着纯白衣裳的仙人舒展开臂膀，在海上或者高空中自由地飞翔着，在五座神山之间来来往往。仙人们幸福快乐的生活让那些渔人羡慕极了。

但是，看上去幸福快乐的生活也有不足的地方，那就是，这五座神山没有在海底扎根——想一想，在归墟那深不可测的沟壑里，又怎么可能扎根呢？所以，这五座神山漂浮在归墟所在的海面上，平时还好，一旦遇见狂风暴雨，那神山就剧烈地震荡着，漂泊不定，实在是不方便。苦恼中，这些神山上的仙人商量了一下，就派人去天帝那里求助。

天帝了解了情况后，也有些担心，要是这些神山有一天漂出了边界，那就遭了，这些仙人不就无家可归了吗？他赶紧命令海神禺强派出十五只大乌龟。这些乌龟来到了归墟，将五座神山驮在了背上。考虑到驮山的工作太过沉重，便实行了轮班制，也就是一头海龟工作的时候，其他两头海龟休息。这样每六万年轮换一次，交替工作。凭借天帝的安排，神山就变得极为稳定。这些神山上的仙人都非常欢喜，在龟背上的神山里，他们度过了好几十万年。

不料这种岁月静好的日子，却因为龙伯国的一个巨人的到来，发生了变化。

有一年，这个人来到了神山，闲极无聊之下，就带上一根钓竿，垂钓海鱼。好家伙，鱼儿没有上钩，可是他却接二连三地钓起了六只大海龟！他高兴地背起海龟回家了。可怜岱舆和员峤两座神山，驮着它们的神龟都被这个人钓跑了，因此没了根脚，被狂风吹到了北极去，没入了大海。变故突如其来，这两座神山上的神仙们急忙搬家，来来回回地在空中背负着箱笼帐被，飞来飞去，非常狼狈。

这件事让天帝非常生气，暴怒之下，直接将龙伯国的土地面积缩减，同时也将高大的龙伯国人身材变矮。没了实力，他们就不会这样不安分，到处惹祸了。传说到了伏羲神农时期，国人的身材已经无法再矮了，但实际上他们还有好几十丈高。

五座神山，沉没了两座，还剩三座：蓬莱、方丈（即方壶）和瀛洲。大乌龟们依然好好地驮负着三神山，几万年来，还没听说再出什么不可收拾的乱子。

河神巨灵

混沌初开，天地各得其位，天神巨灵就在那个时候和天地元气一起降生在这个新世界。当时，万物初创，时刻处在变化中。这个处在创世之初的巨灵，独得神道，具备不同寻常的本领，他开创了山川，辟出了江河，后来就被天帝追封为河神。

少华和太华两山，原来是一体的。这座巍峨绵延的高山恰好挡在了黄河前进的路上。黄河一路曲折而下，到了这里就不得不绕道而行。这位河神站在山前，头比大山山峰还高，他俯下身子，用那巨大的手掌轻轻一拨，整座山就被掰开了，然后用他那巨脚，踢了踢山的底部，就蹬开了山，于是整座大山就变成了两座山，而黄河就从两座山中间的裂谷中顺利地通过了。今天，如果你去旅游，还能在华岳峰顶看到天神巨灵留下的那巨掌的印迹，不仅手掌的形状非常完整，就连手指头都清晰可见。因为这个传说，人们称之为仙掌。在首阳山下，脚的印迹也保存着，清晰可见。

汉代诗赋名家张衡著名的《西京赋》中，有"巨灵赑屃（bì xì），高掌远跖，以流河曲"的句子，说的就是河神分开山河的掌故。但是为什么要用赑屃来形容河神呢？那是因为巨灵的神力可以与赑屃媲美。要知道，赑屃是传说中一种像龟的动物，它力大无比，特别喜欢负重，因此人们常常在大石碑底下放一个赑屃作为底座。人们常常说"龟驮碑"，指的就是赑屃的这种做法。

　　巨灵伴随天地而生，又具备了创世功能。他掰山开河，倒也算是一件惊天动地的大事情了。只可惜，他的业绩流传不广，现在仅剩下"造山川，出江河"这一件事了。

河神巨灵

伯益知鸟兽

大禹治水十三年，在这一过程中，有很多天神帮助过他，其中就有天神伯益。

说起来，伯益算是颛顼的后裔。颛顼有位孙女女修，正在窗下忙着织布，屋檐下飞来了一只燕子，在窝里下了个蛋。女修也不知道什么缘故，吞下了这个鸟蛋就怀孕了，生下了儿子，取名大业。大业长大后，娶了少典氏的姑娘女华，生下儿子大费，这位大费就是后来的伯益。大禹治水的时候，天神伯益前去帮助大禹。他带领百姓，举着火把，将两岸因洪水而疯长的草丛树木通通烧掉。没有了草木遮蔽，那些凶禽猛兽无处藏身，只能四散逃往远方。没有了这些危害性命、与人争食的凶禽猛兽，老百姓们要安全多了，他们也才能安心跟随大禹治理洪水。

伯益作为天神颛顼的后裔，祖母吞食燕子蛋而生下自己的父亲，他一出生就具备了其他天神难以拥有的才能——他能听懂天下飞禽走兽的语言，清楚它们各自的习性，也能模仿各种鸟兽的叫声，与它们深入交流。所以，当舜帝问谁能代替自己，管理天下山林水泽里的草木和鸟兽时，大家不约而同地推荐了伯益，而伯益实际上也是神、人和鸟兽之间最好的沟通桥梁。舜帝接受了大家的推荐，伯益就担任了山泽官，而辅佐他的则是豹、虎、熊、罴四种兽中的头目。山林水泽中的百鸟百兽，在伯益和他的

伯益知鸟兽

四位助手的管理下，与人类和平相处，即便是鸟兽之间也不再处于敌对状态，而是在自己的领域内繁衍生长。

据说，伯益为秦人祖先。因为他帮助舜帝管理山林水泽的鸟兽立下了大功，舜帝赐伯益姓嬴氏，伯益家族开始在如今陕西这块地方繁衍生息，这才有了后来知名的秦朝皇族。据说，嬴氏的后裔中，有不少是长着鸟身却能像人一样讲话的。

伯益知鸟兽这则神话具有极高的认知价值。它暗示着，在人类远古时期，有过一段与鸟兽穴居为伍的艰苦历史。当时的古人，与鸟兽的关系较为复杂，一方面受益于鸟兽，但另一方面，他们之间又互相干扰侵害。正是在这段与鸟兽为伍的漫长岁月里，人类对鸟兽产生了既敬又畏的复杂心态，所以一些部落就以这些鸟兽为图腾，将之视为自己的始祖，在日常生活中，却又要驯服它们为人类服务。就是在这样的一种状况中，知鸟兽、驯鸟兽的天神伯益便出现了。

吴刚月宫伐桂

很早以前，有一位樵夫吴刚，住在西河岸边，他每天都要上山砍柴谋生。虽然生活清贫，吴刚却不以为意，由于特别羡慕神仙的生活，他渴望自己也能够修炼成仙。成仙的心情实在太迫切了，他就干脆锁上家门，一路流浪而行，遍访名山大川，拜见隐居在那里的神仙，讨教成仙秘诀。

神仙们都很和蔼，没有人嫌弃他破衣烂衫，浑身散发出一股不洗澡产生的臭气。但是一旦谈及成仙的秘诀，他们就模棱两可，神秘得很。吴刚对此十分不满，有几次下了山后，忍不住破口大骂刚刚拜见的那些神仙。

几年下来，名山大川的神仙们都知道了，有那么一位凡人，热衷成仙，性格却极其暴躁，蛮不讲理。这事也传到了天帝的耳朵里。天帝听了一位老神仙的诉苦，为了不让吴刚这么一个凡人继续骚扰神仙们，天帝决定让吴刚成仙，可是一定要惩罚他，让他懊悔变成神仙。

这天晚上，吴刚在一棵大树下蜷缩着过夜，醒来的时候，发现自己已经在月亮上。他站在一棵桂树下，手里拿着一把巨斧。天帝对他的惩罚就是让他整天站在树下，拿着一把斧子砍树，直至树断为止。

吴刚月宫伐桂

月宫中这棵桂树非常高大，约有五百多丈^①，树上开满了桂花，馨香四溢。吴刚以为自己作为樵夫，砍树自然不在话下，可是奇怪的是，他每砍一下，拔出来巨斧准备再砍的时候，却发现刚才树上的创口立即就弥合起来，恢复成原来的样子。就这样，吴刚只能一直不停地砍啊，砍啊，砍啊，而那棵桂树则一直随即恢复成原来丝毫无损的样子。

成了月宫里的神仙，可是谁知道是这样的神仙呢？砍树逐渐变成了单调无聊的苦差事，不，是巨大的惩罚。虽然桂花花香扑鼻，沁人肺腑，但天长日久，连这花香也变成了单调的味道。手无意识地挥动着斧头，吴刚不由得思念自己以前的山中樵夫岁月，那是多么美好啊！每天砍柴回来，自己会去西河边，看渔夫们垂钓闲聊。但是，他回不去了，他今后将永远留在清冷的月亮上，无休止地砍伐着桂树。

稍稍可以宽慰寂寞的是，月亮上有一只玉兔，它负责为天帝捣药。和吴刚一样，玉兔捣药的工作也永无止息。实在无聊的时候，吴刚就和玉兔说说话，谈一谈西河的生活，抱怨一下月宫上苦闷的生活。好在后来又来了一位嫦娥仙子，吴刚就多了一个可以说话的人。

吴刚现在还在月宫里不停地砍树呢！不信的话，月圆的时候，你仔细观看，可以发现月亮上有婆娑的树影，树影里站着一个人，那就是不停砍伐桂树的吴刚。

---

① 1 丈合 $3\frac{1}{3}$ 米，五百多丈即超过 1665 米。

伶伦作乐律

  自从成了国君，黄帝发现自己比过去忙多了，经常要去巡视天下。在巡视天下多次后，黄帝发现出行倒是很有趣，远比被困在宫廷里要快乐得多。不过，美中不足的是，所到之处，伴奏的音乐太单调了。要是能有变化，就像巡视时的风景，该多好！他让人将伶伦找来，将自己的感受告诉了他，并要求伶伦，让那些乐器吹弹的乐曲，以及人们嘴里哼唱的歌更丰富动听一些。

  接受了黄帝的这个任务，乐官伶伦想：音乐，音乐，难道还有比大自然更丰富的声响吗？他决定从自然入手，观察各种天籁，从中寻觅灵感和思路。

  于是，随后的几年，伶伦奔波在大地上，在山间河畔，在树下风中，仔细地聆听，苦苦地思索，寻找着可以入乐的元素。

  这天，行走在莽莽昆仑山北面的时候，听着大风吹动山洞地壳的奇妙声响，听着风声在林里穿行的声响，一时有了灵感的伶伦，跑到附近的一个山谷里，砍下几根竹子。在这些竹子中，他挑了一根长得笔直而翠绿的竹子，截取了最为匀称的一节，长度三寸九分。他以这个竹管吹出的声音为基准，定下基本音高。然后，伶伦仿照这根竹管，按照一定的长短比例，制作出了另外十一根竹管。

  伶伦在昆仑山中的一棵梧桐树下，发现一对凤凰正在树巅上

伶伦作乐律

鸣叫。只见雄鸟引吭六声，雌鸟也随声应和了六下，声音清脆婉转。伶伦就住在梧桐树附近，以凤凰这十二声鸣叫声的高低，对照自己十二根竹管的声音，当两者互相协和的时候，伶伦就将这十二根长短不一的竹管配起来，定下了每根管子应当配合的音调，称之为十二律。

有了这十二律，伶伦就算完成了黄帝交给自己的任务。黄帝听了伶伦的讲解后，就让伶伦现场表演。于是，伶伦解下身上背着的袋子，拿出了那十二根竹管吹奏起来。婉转悠扬的清脆乐音传入黄帝的耳朵里，黄帝兴奋地跟着节拍舞蹈起来。一曲舞罢，黄帝依然陶醉在美妙的乐音中。伶伦也因为这次演奏名声大振，成为当时的乐神，后世的人们就把唱歌、唱戏的人称为"伶人"或"伶官"。

孔甲养龙

夏朝存续了四百七十一年，从大禹的儿子启开始，传承了十四代。这么多夏朝君主中，孔甲是一位奇特的国君，他一向不喜欢治朝理政，却偏爱装神弄鬼，做出一些让人觉得匪夷所思的古怪事。

有年夏天，降了一场暴雨，随雨还落下了两条受伤的龙，孔甲大喜，就让人将两条龙抬回宫里。这两条龙待在宫里特制的大笼子里，对放在面前的肉食好像一点儿也不感兴趣。眼看着两条龙日渐瘦下去，孔甲非常焦虑。他身边的大臣和侍卫无人会豢养龙，没办法，孔甲布告天下，寻找养龙人。

夏王孔甲急觅养龙人的消息传到了刘累的耳朵里。这个人是个无赖，他说自己是帝尧的后裔，他们的祖先董父，担任过帝舜的养龙官。家道中落后，他曾经去豢龙氏部落学过几天。豢龙氏，顾名思义，就是以养龙为业的部落。听到这个消息后，刘累就动起了心思，觉得这是一个机会。他揭下了布告，跑到孔甲那里，大肆吹嘘自己高超的养龙术。孔甲焦急之下，哪里分辨得清真伪？刘累的一番云里雾里的话，将他说晕了，他就厚赏了刘累，让刘累担任养龙官，并为夫妻二人赐姓"御龙氏"。

刘累其实只学了养龙术的一些皮毛，所以几天过后，那条雌龙就饿死了。这一下可不得了，刘累束手无策，急得团团乱转，不知道如何是好。妻子看到他如此慌急，便劝他道：

"听说我们的国君孔甲比较昏庸，你看，你没有多少养龙之术，不还是一听你说几句，就任命你为养龙官吗？我看这样，你将这龙剁成细丝儿，做成美味献给他吃，他一高兴，说不定就原谅你了。"

这个办法其实破绽很多，稍微动一下脑子，就能识破。但是这个时候，刘累只好死马当作活马医。他将死龙从那大笼子里拖上来，夫妻两人在后花园里忙活了一天，加了许多佐料，这锅龙肉整整煮了一天一夜，才散发出诱人的香气。刘累打开锅盖一看，龙肉已经软烂如泥，于是就把龙肉盛放在一个盘子里，进献给了孔甲。

闻到了那诱人的香气，孔甲二话不说，就埋头吃了起来，不一会儿，就将一盘龙肉吃了个干干净净。吃完后，孔甲满足地打着饱嗝，才想起来，问刘累夫妻：

"太好吃了，味道真诱人。可是，我怎么尝不出来这是什么肉？"

按照妻子的办法，这时候刘累要跪倒在孔甲面前，承认自己养死了雌龙。可是事到临头，刘累害怕了，就说是自己打猎得到的野物肉。

孔甲高兴地说："太好了，你明天继续给我做一些来尝尝！好久没有这么好的胃口了。"

刘累没想到会是这样，差点吓晕过去。

回到家后，刘累将献肉经过一五一十地告诉了妻子。妻子听了，也一样吓得手足无措。两个人商量半天，就赶紧带着细软，连夜逃出了夏宫，去深山老林里避祸了。

得知真相后，孔甲非常生气，可是现在宫里还剩下一条雄龙，他就只好派人去豢龙氏部落里找人。豢龙氏部落派来了一位不折不扣的养龙高手师门。

师门不仅养龙技术非常高超，还有一身非凡的法术。他行事奇特，不吃五谷，每天只是吞食一些花瓣充饥。到了夜里，他会在住处附近点起一堆大火，自己随着升腾的火焰升上高空。

有了师门这样的养龙高手在，那条被刘累喂得奄奄待毙的雄龙，几个星期后，就在大笼子里翻腾不已，看上去生龙活虎。更神奇的是，师门跟那龙非常亲密，他只要做一个手势，那龙就飞上高空，翻卷起舞。每次龙表演的时候，孔甲就兴冲冲地带着自己的宠臣爱妃前来观看，一众人欢呼雀跃不已。

观看龙舞后，孔甲就待在后花园里和师门聊天，他总爱说一些稀奇古怪、不着边际的见解，以显示自己作为一国之君的威权。议论国事也就罢了，明明不懂如何养龙，却喜欢对师门养龙的很多言行胡乱评议。师门有技艺在身，为人十分高傲，不像刘累，孔甲胡说什么，他都唯唯诺诺。所以，对于孔甲的胡乱评议，师门丝毫不给孔甲面子，他会当众反驳，常常让孔甲下不来台。孔甲对师门的不满慢慢地积累着，当这天师门依旧当着孔甲的宠臣和爱妃的面批驳他时，孔甲再也忍耐不住，那些积攒的怒火像火山一样喷发了。他怒喝一声，下令给侍卫："抓住这个家伙，给我杀了！"

师门就被侍卫们推出宫门杀掉了，尸体被埋在了城外的荒僻之处。

埋葬师门尸首的侍卫们走后不久，天空变色了，刮起了狂

师门驯龙

风。不一会儿，大雨倾盆而下。也不知道为什么，师门埋尸之处的树林忽然燃烧起来，整片林子陷入了火海中，凶猛的火头冲上了高空，照得天空一片通红。四周的百姓一看山上起火了，就纷纷拿起水桶跑去灭火。但那火却扑灭不了，反而越烧越旺。

杀掉师门后，孔甲不知道为什么心里一直不安。城外起火的消息传来后，他更加惊恐，赶紧跑到城墙处观看，滔天的火焰炙烤着夜空，特别像师门每夜在宫里后花园燃起的那团火焰。孔甲觉得，一切都是师门在作怪。孔甲赶紧上了马车，带着侍卫，来到城外师门的坟墓前。孔甲在坟头上献上祭品，然后恭敬地鞠躬，祈求师门饶恕他。真奇怪，一切做完后，火势果然变小了。

孔甲坐上车，准备回夏宫。到了宫门前，侍卫走上前去，打开车帘，恭请孔甲下车。可是孔甲僵坐在车上，一动不动，眼睛凸出，直愣愣地注视着前方。那位贴身侍卫感觉不对劲，小心翼翼地伸出手来，在孔甲的鼻孔下探了探，仍然是没有任何气息，再细看时，才发现孔甲已经因祭拜时受到惊吓而死了。

周穆王八骏游昆仑

　　武王姬发在姜太公的辅佐下，打败了商纣，统一了天下，建立了周王朝。当王位传到了周穆王——也就是武王曾孙的时候，已经过去了近百年。史书记载，周穆王本领高强，擅长骑射，虽不能跟那些百步穿杨的神射手比，但十箭命中八九，却是很平常的事情。此外，比起自己的先辈们，周穆王还有一项特殊嗜好，那就是四处游乐。有人统计过，一年三百六十五日，至少一半时间周穆王都是在都城镐京城外游荡。

　　周穆王爱游乐的名声传到了天庭，昆仑山顶瑶池的西王母也知道了他的美名，就派遣使者到镐京拜见周穆王。这位使者告诉周穆王，瑶池那里四季如春，没有酷热，也无冰雪，风景秀丽，可以说是人间难得一见的天堂。"西王母知道大王好游乐，特意邀请大王西边一行。"使者拿出了一管玉笛和一柄玉斧，"这两件东西，西王母送给大王，如果大王决定西行的话，它们可以帮助大王顺利到达瑶池。"

　　使者娓娓动听的描绘吸引了周穆王，他打算立即起程西行。

　　"使者，我想知道，镐京到西昆仑，有多远呢？"周穆王问。

　　"尊敬的周王陛下，此去大约一百零八万里，中间需要爬过九座大山，蹚过九条长河。"

　　周穆王计算了一下，当时天下最好的骏马才日行六百里，即便马不停蹄，人不下鞍，去昆仑山一个来回，也要十年光景。

"这也太远了，一来一回，最快也需要十年，那么去一次瑶池，人不都衰老了吗？"周穆王感叹地说。但是瑶池对他诱惑太大了，于是他又对使者说："瑶池太美了，即便耗费十年光阴，我觉得也值得一游。我非要去昆仑山不可。"

"尊敬的周王陛下，如果费时十年的话，我们王母也不敢随便邀请您去瑶池一游。有个好办法，可以解决。东海龙岛上有八匹天马，据说它们可以日行几十万里。大王如果找到这八匹天马，就解决了一半问题。说一半问题，是因为天马性傲，必须特别的人才能驾驭。我可以向大王推荐一个御者，这人名叫造父。有他在，驾驭天马不会出任何差错。这样大王不用几天，就能到达瑶池了。"

周穆王听了这话，大喜过望，他命人将造父找来。造父这人身材魁梧，目光如电，看上去就不是一个普通的马夫。周穆王指派造父赶赴东海，将龙岛上的那八匹桀骜不驯的天马带回来。造父果然不负众望，牵回了八匹天马。

一切准备停当后，一行人就前往瑶池。前头带路的西昆仑使者，这时已现出了原形，是一只青鸟，在前面引着路。造父驾车，周穆王坐在八匹天马拉动的马车上，怀里抱着一只白毛狗。这条狗叫耗，是防风氏赠送给周穆王的。别看这条小狗看上去不起眼，但它跑起来快疾如风，一天能跑将近两千里的路，性子凶猛，可以吞吃老虎。

有了这八匹天马，走得就快多了。那八匹天马撒开蹄子，行走如飞，耳畔的风呼呼地响着，半天就走了十万八千里。三天过后，一路顺畅，马车成功地翻越了八座大山，渡过了八条长河，现在已经到了第九座高山的跟前。

这个时候，山里突然跳出一只怪物，龙头虾身，嘴里吐火，只有一条腿，却长有十只手。这个怪物的十只手里都握着奇形怪状的石器，拦住要道。从怪物嘴巴吐出的火焰里，有嘶哑的歌声冒出来：

> 此路是我开，此树是我栽；
> 若从此路过，留下四天马。

没想到快到瑶池了，竟然还冒出一个劫道的。周穆王看着那怪物的形象，有点想笑，还来不及回话，一道白光闪过，那头白毛狗早就飞跃过去，直取怪物。

双方各显神通，争斗了很长时间。多手怪物只有一条腿，跳了这么久，早就疲累不堪，哪里比得上那白毛狗的灵活呢？眼看体力不支，那怪物张开嘴巴，喷出了一股熊熊烈火，一瞬间，火焰就将战场吞没了……

旁边观战的周穆王记起了使者的话，掏出了那支玉笛，吹了起来。不知道为什么，天色骤变，乌云聚集，下起了大雨，顿时将那怪物喷出的火给浇灭了。怪物一看不是对手，只得逃跑了。一行人顺利地翻越了这第九座山。

在过第九条河的时候，周穆王一行人又遇见了麻烦。那第九条河为天河，非常神奇，河面宽阔，河水自天而来，拦住了前行的去路。

周穆王

拉车的天马不安地踢着蹄子，就是不往前行。这个时候，青鸟使者提醒周穆王，他怀里还有一柄玉斧。周穆王拿出了玉斧，交给了青鸟。青鸟使者举起玉斧，轻轻敲打着车前衡木，声音不疾不徐，响了三下。过了一会儿，像听到了指挥，河面上出现了九十九万九千条鳄鱼，它们整整齐齐地排列成一座浮桥，连通了两岸。造父急忙赶着马车，渡过了这条天河。

　　终于来到昆仑山，周穆王到了山顶，在瑶池边拜谢了西王母，送上了白圭玄璧作为见面礼。西王母非常高兴，派仙女采来九千年一结果的蟠桃，款待这位从遥远东方而来的贵宾。

　　周穆王和西王母聊得很开心，临分别时互相赠送了礼物，并许下三年后再见的愿望，俩人一起种下一棵树后才告别。

沉香救母

西汉时期，有位书生刘向，前往都城长安参加考试，途经华山的时候，就顺道上去游玩。上山不久，他来到了一座神庙前。当时主管这座神庙的庙神华岳三娘，为王母娘娘所派。她是位美丽大方、心地善良的仙女，自从离开天庭来华山后，一直过着孤寂无伴的冷清日子。

这一天，像往常一样，无人做伴，她就自己在庙中轻歌曼舞，自娱自乐。正玩得高兴，庙门被人推开了，进来了一位白面书生。华岳三娘急忙登上莲花宝座，化身为雕像端坐在宝座上面。

刘向进了大门，四处打量着，看看壁画，打量打量斗梁，忽然，华岳三娘的雕像牢牢地吸引住了刘向的目光，他再也拔离不开了。刘向心想，世界上真有这样神妙的女子，我若能娶她为妻，那将多么幸福啊！但可惜眼前的只是一座没有知觉的泥雕木塑。刘向感到深深的遗憾，情绪激动中，就取出囊中的笔墨，唰唰地在墙上书写起来，字里行间，流露出对三娘的深深爱慕之情。

坐在莲花宝座上，三娘只能静静地看着，脸上风平浪静，可是内心却波澜横生。她被这个书生英俊的外表所吸引，为他的斐然文采而赞叹，更为他对自己的深情而高兴。自己难道不也是深深地爱上他了吗？不过，她记起了自己的仙女身份，而书生刘向则是一个凡人，怎么可以结合呢？眼看着那依依不舍的刘向走出了庙门，三娘下定决心，宁愿违背"仙凡有别"的禁令，也不愿意错失这么好的机缘。于是，三娘以庙中神像的面貌出现在了刘向面前，但是身份却变成了一个普通的民间女子。

刘向见了神似庙中神像的女子，一见钟情。两人深情款款，不久就结为夫妻。新婚的日子没过多久，刘向因为考期临近，不得不离开已经有孕在身的妻子。路口依依惜别时，刘向将一块祖传沉香留给了三娘，说假如日后生子，无论男女，都可以叫"沉香"。

刘向参加了考试，结果考中了，很快就出任扬州府巡按，不日就将走马上任。刘向这边一路顺利，青云直上，三娘却遭遇了重重磨难。当时，王母娘娘生日，将在瑶池举办蟠桃大会，天上的神仙无论大小，都将前来赴会祝寿。三娘这个时候怀有几个月的身孕，哪里敢去面见王母娘娘呢？于是，她就说自己染病在身，不能前去瑶池为娘娘祝寿。

瞒过了娘娘，却瞒不过哥哥二郎神。知道自己的妹妹嫁给了凡人，二郎神怒气冲冲地责怪妹妹不守天条，要抓住她送到天庭接受惩罚。三娘毫不畏惧，她拥有一件王母赠送的法宝——宝莲灯。有了这件镇山之宝，不管遇见了妖魔鬼怪，还是天神天将，只要三娘念起咒语，宝莲灯就放射出灿烂金光，被金光笼罩下的他们，就会被震慑住而束手就擒。二郎神知道自己不是妹妹的对手，就派出哮天犬偷偷溜进妹妹的房间，将宝莲灯盗了出来。没有了宝莲灯，华岳三娘只能束手就擒，被自己的哥哥二郎神镇压

沉香救母

在华山下的黑云洞里。

　　在一片阴黑的洞中，三娘生下了一个男孩，按照约定，取名为沉香。为防不测，三娘私下恳求地底的夜叉，将儿子送到在扬州的刘向身边。

　　沉香长到八岁的时候，从父亲口中知道了母亲遭受的苦难。他一心想救出母亲三娘，求助于父亲，但刘向只是一个文弱书生，总是摇头叹气，感伤不已。看父亲不能依靠，小沉香就离家出走，一个人前往华山寻找母亲。

　　从扬州到华山，何止千里之遥！小沉香风餐露宿，经历了千辛万苦，终于来到了华山。可是华山蜿蜒十多公里，林木苍茫，母亲又被囚禁在哪里呢？这个时候，八岁的小沉香真的没有办法了，忍不住放声大哭。那凄厉绝望的号哭让人揪心，久久地回荡在山谷中，让路过此地的霹雳大仙动了恻隐之心，他将这个孤苦无依的孩子带了回去。在霹雳大仙的指点下，沉香拥有了文韬武略，学会了七十三变。过了十六岁，沉香不再忍耐了，向师父辞行，决心去华山救母。大仙赠给沉香一柄萱花开山神斧，作为武器。

　　沉香一路飞奔，来到了华山黑云洞前。他呼喊母亲的声音穿透了岩层，到达了三娘的耳边。困在洞中多年，欣慰于儿子已经成人，一片孝心来拯救自己，激动中，三娘将沉香唤到了洞前：

　　"孩子，你的舅舅二郎神，本领高强，你还这么年幼，怎么会是他的对手呢？更何况，妈妈当年的法宝宝莲灯也在他手上，你打不过他的，孩子。我想他惩罚了我这么多年，见着了自己的亲外甥，也许会放过我们的。听话，孩子，试着去求求他吧。"

沉香不太情愿，但也不好太过忤逆母亲的关心，就去向舅舅苦苦求情。可是二郎神真是六亲不认，翻脸无情。他不但不放出三娘，反而挥舞着他的兵器——三尖两刃刀，要将这个人仙之子捉拿住。忍让多时的沉香不甘心俯首就擒，便抡起神斧，与二郎神拼杀起来。他们一会儿在云里雾里刀斧互磕，一会儿山里水里，变龙化鱼。两个人打架的动静太大了，惊动了太白金星，于是，他就派遣了四位女仙子前去查看发生了什么事。这四位仙姑藏在云里观察了半天，实在看不惯二郎神——一个舅舅辈的天神欺负一个半大的孩子，太不像话了，四人就故意在战场边缘弄出一些动静。说也奇怪，这些类似人声的声音只是传进了战斗中二郎神的耳朵里，沉香却什么也听不见。二郎神发现有人在一边窥视，担心是沉香的助手，不由得分了心。与他相反，小沉香却越斗越勇，此消彼长之下，二郎神招架不住，只好逃走了。慌急之中，宝莲灯也落入了沉香之手。

打退了二郎神，沉香立刻飞到了华山。在半空中，他举起师父赠的萱花开山神斧，一斧头劈下去，只听得轰隆隆的声音不绝于耳，伴随着这巨响，飞沙走石，华山裂开了。沉香顺着裂缝，进入黑云洞，救出了母亲。

困在山洞中十六年，今天才得见天日，与自己暌别多年的儿子相逢，华岳三娘紧紧地抱住了儿子，喜极而泣。小沉香也是第一次见到亲生母亲，他抱住母亲无声地哭泣着。

沉香带着苦尽甘来的母亲三娘飞回了扬州，见到了刘向，一家三口终于团聚，过上了幸福快乐的日子。

思维导图的重要组成部分有：中心图、分支、关键词、线条。今天我们来讲中心图。中心图位于整张图的中心位置，大约占九分之一大小，运用色彩：三种及以上的颜色，表达整篇文章的重点及主题思想。

请你以介绍语文课本为题，按上述要求，参与《盘古开天辟地》思维导图的样式，画出思维导图（介绍语文课本图）的中心图。

要求：主题明确，识别度高，绘图有创意。

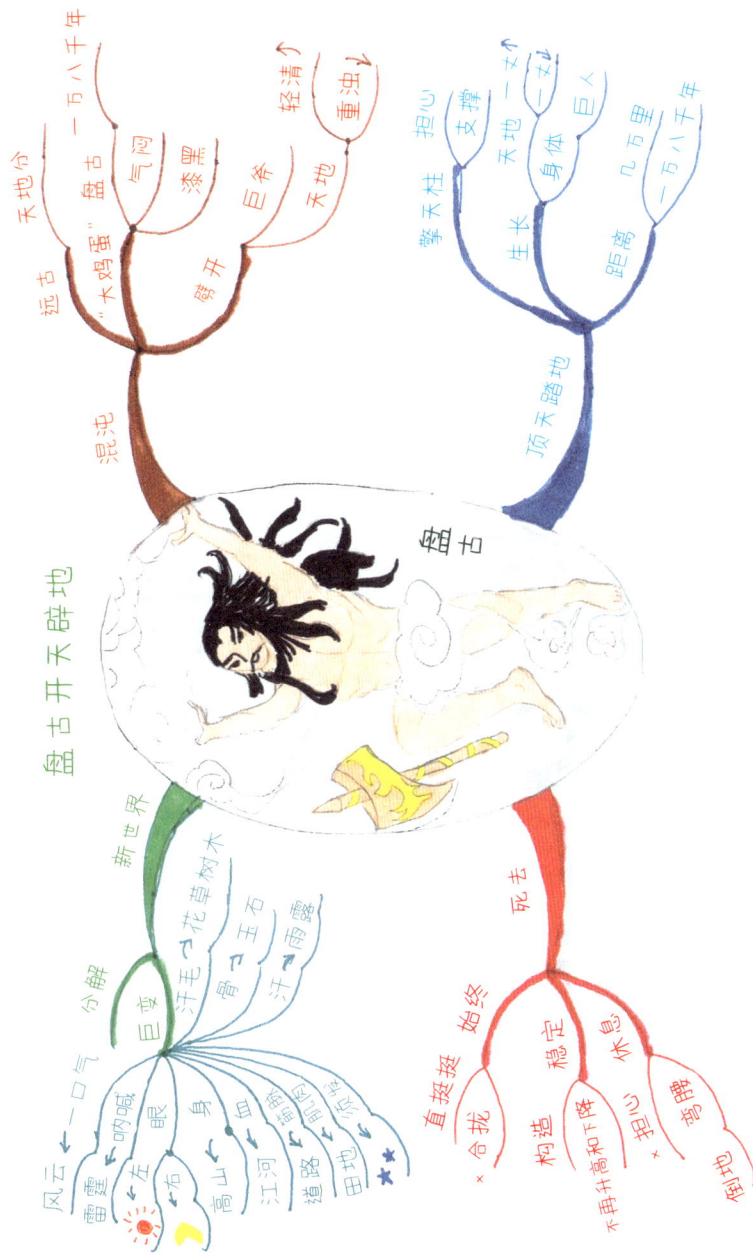

盘古开天辟地

盘古

混沌
- 远古
  - 天地分
    - "木鸡蛋" "盘古" 一万八千年
  - 气闷
    - 漆黑
- 劈开
  - 巨斧
  - 天地
    - 轻清↑
    - 重浊↓

顶天踏地
- 擎天柱
  - 担心
  - 支撑
  - 天地一丈
- 生长
  - 天地一丈
  - 身体 巨人
  - 距离
    - 几万里
    - 一万八千年

新世界
- 分解
- 巨变
  - 汗毛→花草树木
  - 骨→玉石
  - 汗→雨露
- 风云
- 雷霆
- 眼→左右
- 身
- 血
- 高山
- 江河
- 道路→肌肉
- 田地→皮肤
- ★

死去
- 直挺挺
- 始终
  - 合拢
  - 稳定
    - 构造
    - 休息
      - 担心
      - 弯腰
      - 倒地
    - 不再升高和下降

今天我们讲的是思维导图的读图和画图图的顺序。根据文章内容来解读思维导图，是不是能发现思维导图的起始点在哪里呢？顺序如何呢？请判断并总结后填图，括号（填关键词即可）。

（　　）→（　　）→（　　）→（　　）

祝融的故事

- 火正官
  - 名祝融
    - 尊称 —— 黄帝
    - 掌管火的官员 —— 邀请
  - 出生
    - 红脸 —— 火熏
    - 黎
    - 魁伟
    - 聪明
    - 暴躁
    - 爱火 —— 管火 —— 保存 —— 击石取火
- 赤帝
  - 取火
    - 瘴气
    - 蚊虫
    - 煮熟
    - 烟
  - 救
  - 爱戴
    - 造福
    - 封号赤工
    - 共工
    - 不周山
    - 纪念
    - 拂住
- 镇南
  - 云梦泽南
  - 回朝
  - 盘古
  - 左手指南
  - 衡山
  - 仪式
    - 天地
    - 道德
    - 朝拜
    - 跪拜
    - 合
    - 份
- 立功
  - 蚩尤大战
    - 将领
      - 迷雾阵
      - 火烧
      - 溃逃
      - 大胜
      - 厚赏

认真观察《吴刚月宫伐桂》的思维导图，模仿画一张不同的思维导图，可以运用前面学到的思维导图的思维导图绘制要求，在书中任选一篇文章作为思维导图的内容。

吴刚月宫伐桂

思维导图的分支就像树枝一样延展着，有粗细长短变化，认真观察下面《伶伦作乐律》的思维导图，并总结分支的粗细长短、形状及规律。

总结：1.
2.
3.

伶伦作乐律

乐曲
伶伦
黄帝 巡视
美中不足
有趣 单调
伴奏 变化
乐曲 哼唱
丰富
任务

寻找
自然
天籁 灵感
寻觅 思路
元素
山间河畔 树下风中
牵挂 聆听
思索

十二律
竹管
山洞 林间
风声 欲竹
基本三寸九分 另外十一根
长短比例 增高
雄鸣 应和
圆风
雌鸣
怕留皇鸟
皇基三十

乐神
完成
讲解 表演
名声大振
舞蹈 陶醉 婉转